グッバイ、ドン・グリーズ！

原作／Goodbye,DonGlees Project
脚本／いしづかあつこ
著／山室有紀子

角川文庫
22988

Contents

プロローグ…………4

第一章　ドン・グリーズ…………7

第二章　TIVOLI…………37

第三章　花火大会…………47

第四章　宝物がなにかわからない宝探し？…………75

第五章　星降る夜のテントウムシ…………105

第六章　ハッピー・エンド…………127

第七章　ドロップからの挑戦状…………151

第八章　グッバイ、ドン・グリーズ…………167

エピローグ…………187

解説　いしづかあつこ　190

プロローグ

僕らは何も知らなかった。

なぜ蟬《せみ》にはいろんな種類があり、コーラはぬるくてもうまいのか。
なぜ打ち上げ花火はあんなに高く、水滴はまるい波紋を描いて広がるのか。
星は永遠に夜空に輝き、命が一瞬なのは、なぜか。

僕らはひたすらペダルを漕《こ》いだ。
真っ暗なトンネルの中、針の先ほどの小さな光だけを頼りに。
その先に何があるかもわからないまま。

焼き菓子の黄色い包み紙。

入道雲を横切る飛行機。

ずぶぬれの参考書。

鳴り響く電話のベル。

受話器の向こうのかすかなささやき――「もしもし?」

あの夏の断片ひとつひとつが、きらぼしのごとき奇跡だったと僕らが知るのは、それからだいぶたってからだった。

第一章
ドン・グリーズ

強力な磁石につかまってしまったかのように、ロウマはその場から離れることができなくなった。

なぜそんなに惹《ひ》かれたのか、ロウマにはうまく説明できない。だけどそいつは、次の瞬間にもふわりと浮いて、自分をどこかへ連れていってくれそうな気がしたのだ。

ロウマは両手の指を駆使して必死に計算する。あといくらあればいい？ 時給六百円のアルバイトを、あと何時間こなせば、僕はこれを手に入れられる？

そのとき、ふいに背後からあの声が聞こえた——、

「それ、欲しいの？」

ドサドサドサッ!!

と、目の前に土のかたまりが降ってきて、ロウマはもうもうと立ちのぼる湯気とほこりから顔をそむけた。タオルで鼻と口を覆っていても、やはりこの作業はしんど

い。

「おーい、ボーッとしてると危ないぞ」

ショベルカーの運転席からロウマの父、太朗《たろう》がのんきそうな顔を出す。

ここは鴨川《かもがわ》家の堆肥《たいひ》場だ。そしてロウマは家庭内アルバイトの真っ最中。太朗がショベルカーで軽トラックの荷台に積み込む堆肥を、ロウマがスコップでたたいたり、ゴム長靴をはいた足でぎゅうぎゅう踏みつけたりして平らにならすのである。

堆肥とは肥料の一種だ。稲わらや落ち葉、家畜のふん尿などを、微生物で発酵させたもの。一般的な畑の土作りはもちろん、鴨川家がとりくんでいる有機無農薬農業にも大活躍の「地球にやさしい」肥料である。

「あー、くせえと思ったら、鴨川朗真《ロウマ》じゃん」

ケンジの声がする。

嫌な奴がきた、と、ロウマは首をすくめる。

「鴨川クソまみれ。やっべえ、俺、鼻がヒン曲がりそう！」

ツヨシも一緒だ。最悪の組み合わせ。二人ともビーチサンダルにビーチバッグといういでたちからして、町のプールに向かう途中なのだろう。だったら早く行ってくれ
……と、ロウマは心の中でつぶやき作業を続ける。

「なんだよ、無視かよ」

「だからクライって言われんだよ」

「行こうぜ。こんなとこいたら俺らまでくさくなっちまう」

二人は笑いながら、道を下って町のほうへと去っていった。

ロウマはホッ……と息をつく。

なんでもない。いつものことだ。

あいつら、ヒマつぶしに僕をからかえば、それで気が済むんだ。だからまともに腹を立てるのはソンだ。

実際のところ、微生物に分解された牛ふん堆肥はくさくない。やつらの嫌がらせにすぎない。それでもロウマは、ついポロシャツの袖《そで》のにおいをかいでしまう。不安になるのだ。もしかして自分は慣れてしまっただけで、本当はにおいが体に染みついているんじゃないか？

生まれてからずっと、ロウマはこの町で生きてきた。家族ぐるみで農作業にかかりっきりだから、旅行もほとんどしたことがない。テレビや動画で外国の映像なんか流れても、全然ピンとこない。

時々、ふと考える。

この小さな町で。

自分は来年も再来年も、こうやって堆肥を踏み続けているのかな――。

ロウマは顔からタオルをむしりとると、スコップを放って荷台から飛び降りた。

「おい、まだ時間じゃないぞ」

と、太朗がショベルカーの窓から顔を出す。

ロウマは自転車を抱えて堆肥場の外へ出た。バイト代減らすぞぉー、という声が追いかけてきたが、振り向かなかった。

ロウマは腹が立っていた。むしゃくしゃして、自転車でもすっとばさないとやっていられない気分だった。けど道を下ればさっきの二人に追いついてしまう。仕方なく坂を上ってこいだが、それもなんだか情けなかった。

当然ながら体力の限界はすぐに来た。山道の開けた場所でロウマはペダルを踏む足をとめた。

ゴォォォォ……。

木々の切れ間から、ジャンボジェットが空を横切るのが見える。

白と青のコントラスト。

まるで旅行会社かチューインガムのCMの一コマ。

鮮やかすぎて、なんだか作りものみたいだ──。


気付くと、そこは古道具屋の前だった。中古の家電や日用品を扱っているのは知っていたが、客がいるのを見たことがなく、「閉店セール　8月20日迄《まで》」と書かれた紙が貼ってあるのを見て、え、まだつぶれてなかったんだ！　と驚いてしまった。しかしセールと聞くと少々興味がわいてくる。自転車をおりて、ロウマは店の方に近付いた。

傾きかけた午後の陽ざしを、鏡のように反射する古びたショーウインドウ。それを何気なくのぞき込み、ロウマの目はあるものにくぎ付けになった。

ドローンだ。

真っ赤なボディ。大きさは、軽く両手で抱えるくらい。

四つの足にそれぞれ一つずつのプロペラ。

ごちゃごちゃと物が並ぶ薄暗い陳列棚の中で、そこだけくっきりとライトがあたっているかのように、それは輝いて見えた。

どきん——と、胸が高鳴った。

これ、欲しい。

なんでだろう。すごく、欲しい！

だけど、問題は——。

「十万円……僕の全財産のほとんど倍……?!」

全然だめじゃん。ロウマはがっくりと肩を落とした。

そのとき、後ろから声がきこえた。


「それ、欲しいの？」


振り向くと、道を挟んだ向こう側に、誰かが立っていた。

真夏だというのに長袖の黄色いパーカーを着て、すっぽりフードをかぶっている。

ハーフパンツからのぞく足は、棒みたいに細い。

男？　女？　どっちともとれる声で、少しかすれた感じ。顔はよく見えない。小柄なシルエット。

「──小学生？」

すると、向こうは大げさに眉《まゆ》をひそめて言った。

「失礼だなぁ。こういうとき、普通はちょっとサバを読んで言うもんじゃない？」

「ご、ごめん。じゃあ、中学生？」

「ブー。こないだ卒業した」

「えっ。じゃっ、じゃあ──」

僕と同じ……十五歳？　とてもそうは見えないけど……。

ロウマが戸惑っていると、そいつはぴょんぴょん跳ねるような足取りでロウマの方へと近付いてきた。

「で。買うの？　そのドローン」

「えっ……」

「欲しいんだろ？　なら、譲るよ」

「でも、そっちも欲しいんじゃないの？」

「うん。でも、ぼくはいい。きみに譲る」

「？」

ぼく、というからには男？　ロウマはまじまじとその少年を見た。フードからこぼれ出た髪は薄い茶色——ベージュ色、とでもいうのだろうか。瞳《ひとみ》もどこか青みがかって、日本人離れした感じがする。

「あ、いや、でも」とロウマ、

「お金が足りないんだ。だから、譲ってもらっても、どうせ買えない」

するど少年は、いぶかしげにロウマを見つめる。

「あきらめちゃうの？　きみにとって、これはその程度のもの？」

「そんなことないよ！　欲しいよ。欲しいけど……」

「なら、あきらめちゃだめだよ。本当に欲しいと思うなら、信じて進めばきっと手に入れられる！」

「…………？」

ロウマは戸惑った。なんなんだ、こいつ？　人のことだってのにやけに真剣に。しかもそのペースに完全に乗せられてしまっている自分……。

ふいに少年は神妙な感じで言った。

「あと三日かな……」

「え？」

「ぼくの予想だと、こんな田舎でこの値段じゃ買い手は現れない。あと三日以内に、ここからさらに半額になる」

「ほ、本当に？　それならなんとか」

「でも半額になるってことは、ライバルが増えるってことだ。ボンヤリしていると他に目をつけていた誰かに買われちゃうかも」

「た、確かに……」

ロウマは横目でドローンを見る。

欲しい。やっぱり、見れば見るほど欲しい……！

少年がパーカーのポケットから何かを取り出し、ポンと投げた。いきなりだったので、ロウマはお手玉しながらなんとか受け取る。四角くてごつくてアンテナがついてる、通信機のようなもの。

「なにこれ、旧式のケータイ？」

「トランシーバーだよ！　二つあればどこでだって通信できて、スマホみたいに電波を探す必要もない。冒険の必須《ひっす》アイテムだよ。知らないなんて信じられないなぁ！」

あきれたような口調に、さすがのロウマもちょっとムカッときた。でも少年は全く悪びれる様子もない。

「まぁいいや。ぼくがここを見張ってるから、値段が下がったらすぐにそいつで連絡するよ。きみは農作業で忙しいんだろ」

「なんでそれを――」

言いかけて、ロウマはとっさに袖《そで》のにおいをかいだ。

「何してんの？」

「えっ……だって」

少年はロウマの足元を指さす。

泥だらけの長靴。

ああ――と、ロウマは肩の力が抜けるのを感じた。

よかった。やっぱり、においなんてしないんだ。

「……ありがとう」

思わずロウマは言った。

「なにが？」

「いや、なんでも」

ふと、ロウマは基本的な疑問にたちかえった。

「でも、なんでここまでしてくれんの。そもそもきみ、誰？」

「ドロップだよ」

「ドロップ――?」

「色々あって、しばらくの間この町にいるんだ。けど知り合いがいるわけでもないし――よかったら、ひと夏だけ友だちになってくれないかな」

ドロップとロウマの出会いは、大体こんな感じだった。


窓を閉めてくれないかなぁ……。

トトこと御手洗北斗《みたらいほくと》は、助手席からちらりと運転中の茜《あかね》を見た。

この車はねーちゃんの車。そしてねーちゃんはエアコン嫌い。

風で髪が乱れるのがいやだから、窓を閉めてエアコンにしてくれ、と俺が頼んだところで、きいてくれるもんだろうか?

短く刈り上げたサイドの髪に対してやけに長い前髪を、トトはなでつけるように手でおさえながら、仮にそう頼んだとして、起こりうる事態のあらゆるパターンをすばやくシミュレーションしてみる。

「私が冷え性なの知ってるでしょ？　そもそもあんたが暑くて歩きたくないって言うから、忙しい私が車を出してあげてるの。いやならいつでも停めるけど？　どうせ運動不足なんだから、ちょっとくらい歩いて汗をかいた方がいいかもね。そもそも男が前髪くらいでガタガタ言うってどうなの？」

最悪――。

五秒であきらめ、ため息をついた。

「で、どうなのよ」

唐突に茜が聞いてきて、トトはちょっと身構えた。

「ど、どうって何が」

「寮生活。少しは慣れたの」

「ああ、まあ」

「へんな友達を部屋に連れ込んだりしてないでしょうね？」

「は？　なんだよそれ」

「あんたみたいな田舎っぺ、都会の子にいいように使われちゃうわよ」

ははははとトトは笑った。

「杞憂《きゆう》だね。うちの高校はチャラチャラ遊んでるやつなど皆無。最初っからみんな大学受験モードだぜ」

「ふーん。そうなんだ」

「お盆が明けたら、すぐに塾の実力テストがあるしね」

「なんかつまらない青春」

「はぁ？　なんなんだよ――」

トトの携帯がピロン♪　と鳴った。

SNSにメッセージが着信。

一眼レフカメラのアイコン――ロウマだ。

ロウマ『今、どこ？』

トトはすぐに打ち返す。トトのアイコンは愛用のメガネ。

トト『ねーちゃんの車。もうすぐ着く』

ロウマ『了解。いま安藤《あんどう》商店に寄ってた。ちょっと遅れるかも』

了解、のかわりに、トトは親指のグッドサインのスタンプを送った。

待ち合わせは、山腹の途中にある森の前だ。周りは樹木ばかりで、目印になるものもない。なんでここ？　と茜に不審がられたが、トトとロウマにはなじみの場所だ。

車が着いて、トトが車から降りると、前方から一台の自転車が来るのが見えた。ハンドルの両側に重そうなスーパーの袋と大きめのビニール袋をさげて、ヨロヨロと坂を上ってくる。

ロウマだ。向こうもトトに気が付いて、ハンドルから離した片手をぶんぶん回し、バランスを崩しそうになった。

「ロウマくん、相変わらずねえ」と、苦笑する茜、

「そうだ、あんた帰りは何時になるの。お父さんが模試の予約するから予定教えろって――」

「はいはい、わかってるよ。すぐ帰るから」

トトが乱暴に助手席のドアを閉めると、なんなのよ、と文句を言いながら茜は車で去った。

東京土産の黄色い紙袋を、トトはいかにもダルそうに左肩で背負うようにして持った。紙袋の中にはCMでもおなじみの焼き菓子が入っている。

そのうちハアハア言いながら、ようやく汗だくのロウマが到着した。

「お帰り、トト！」

「おう」

と、ロウマはじーっとトトの前髪を見て、

「……なにその頭？」

「ん？　原宿《はらじゅく》で切った」

「衝撃。何て言えばそうなるん」

ゲラゲラ笑うロウマの自転車を、トトは軽く足で蹴《け》る。

「しかしロウマ、すげえ荷物だな」

「コーラにポテチ、それにこっちは花火」

「俺、軽そうだから花火持つわ。……って、意外と重いな」

「けっこう買った。期待してて」

「あー、はいはい」

ロウマが自転車を木の陰に停め、二人は森の中に分け入っていく。

この季節、森はミンミンゼミやアブラゼミの天国だ。今は忘れられているが、昔は森の奥に炭焼き小屋があった。小学三年の時、その跡地を偶然見つけた二人は、小屋の廃材やトタン板やブルーシート、自分の家に使われずに眠っていたテントなどを持ち寄り、ブナの巨木と岩のあいだのくぼみに粗末な秘密基地を作った。それは毎年補修・拡充され、漫画や椅子や机など、あらゆるものが持ちこまれ、またそれを収納するために、年々手を入れられて今にいたっている。

やがて二人の行く手に、そのブナの巨木と、天然カムフラージュともいうべき苔《こけ》むした基地の屋根が見えてきた。

ドン・グリーズ

二人のチーム名だ。

基地の正面、表札にしてはやや大きすぎる、年季の入った板の上に、横書きの荒っぽい字で刻まれている。

「……なんか、懐かしいな」

と、トト。

「何言ってんの。このまえの三月、トトを東京に送る会を二人でしたばっかじゃん」

「ああ——そうだったな」

ロウマは右手のこぶしを、トトに向かって突き出した。

「ドン・グリーズ、再会！」

「…………」

少しためらうような様子をみせつつ、トトもコツン、と自分のこぶしをロウマに合わせる。

正面の布を上げると、小さな入り口が現れる。昔はけっこう余裕だったが、いつからか身を屈《かが》めないと通れなくなった。二人は荷物を抱えるようにして基地の中にもぐりこんだ。

ドン・グリーズ。

僕らは自分たちをそう呼んだ。

最初にトトがその名を提案したとき、ロウマは首をかしげた。僕らはまわりから「ドンくさいからドングリ」とからかわれていたからだ。

「だからだよ」と、トトは肩をすくめて言った。あいつらがそう言うなら、俺らはその上を行くのさ。一周回ってカッコいいだろ?

三日間かけてようやく形になった基地の中で、僕らはぬるいコーラのボトルをあわせて乾杯した。学年で一番トロいロウマと、学年一のガリベン、トト。学校で居場所を見出《みいだ》せない僕らの、ここはたったひとつのよりどころとなった。

「くーっ、やっぱりコーラは最高！」

冷えてボトルに水滴のついたコーラを一気に飲み干し、トトはプハッ！　と息を吐いた。

「でもすぐにぬるくなっちゃうよね。やっぱり小型冷蔵庫も買うべきかなぁ」と、ロウマ。

「アホ。ずっと電気入れとくのか。燃料費かかりまくりだろ」

「そうだよね。──で、どう、東京は」

「なんだよー。お前までねーちゃんとおなじこと……」

「いっぱいいいるの？　可愛い女子とか」

「あー、そっち。まぁな」

トトは開襟シャツの襟元を広げるように引っ張り、扇風機の風を入れる。

「基地に染み入るセミの声、か。かわんねーな。ここは……」

なんとなく、含みのある言い方だった。

おおむね木と布で作られた基地は、ちょっとしたワンルームくらいの広さ。高さは、立てばギリギリ頭が天井につくかつかないか。天井には、敵の来襲を見張るための窓が一つ（ただしその目的で活用されたことはまだ一度もない）。三年前には、トトの家がリフォームしたさいに不要になった畳を持ちこみ、ごろ寝して漫画が読めるようになり、その翌年には、二人でお金を出しあって小型の発電機を買った。さすがに冷蔵庫や電気ストーブは厳しいが、扇風機や電気スタンド、携帯電話の充電くらいはいける。

「そりゃそうだよ。トトに置いていかれて、僕一人でここを守ってたんだから」

と、ロウマは腕にとまった蚊をつぶす。

「だから言ったろ。一緒に東京の高校受けようって。嫌がったのはロウマだろが」

「あんな進学校、僕が行けるわけないよ」

「別に俺と同じ高校じゃなくたっていいべさ」

そうだけど……、ロウマはそのあとの言葉を飲み込んだ。

トトの家は病院を経営している。姉の茜も東京の大学の学生で、いずれ薬剤師になるという。一方、ロウマの家は農家だ。自慢じゃないが、うちの野菜はまちがいなく味は良い。わざわざ京都から、有名レストランのシェフが買い付けにくることもある。

だけどトトの家のようなお金持ちではない。東京の私立学校に通うことになれば、高額な授業料はもちろん、交通費もかなりかかる。あるいは学校の寮に入るか。いずれにしろわが家の経済には相当な負担だ。しかもトトのように将来に明確な目標があるわけでもない。

ロウマは自分の将来を想像してみる。たぶん、大学には行くだろう。そしてたぶん、農業系の勉強をする。その後いったん就職はするかもしれないが、いずれこの町に戻って、家業を継ぐことになる――たぶん。そんな自分に、東京の高校に行く理由を見つけることがどうしてもできなかった。

ロウマはトトの東京土産に手をのばし、黄色い包み紙をひらいて焼き菓子を口に入れた。

「ん、ウマイ！」

「だろ？　安易な東京土産って言うやつがいるけど、うまいんだからしょうがない」

自分もほおばりながら、トトは花火の袋をあける。

「なんだこれ。打ち上げ花火ばっかじゃん」

「去年は中学最後だってのにショボかったろ。だから今年は派手にと思って！」

「はぁ――？」

お盆になると、今でも僕らの町では河原で花火大会がある。当時から規模はそこそこだったが、帰省シーズンと重なることもあり、楽しみにしている人は多かった。

花火大会が近づくと、クラスのSNSも、着ていく浴衣はどうするかとか、誰とどこで待ち合わせをするとか、ウキウキした会話が飛び交った。

ただ、クラスメイトから僕らに声がかかったことは、一度もない。

そこで毎年、僕らは自分たちだけの花火大会をした。河原の花火の、ドーン、という音を聞きながら、人里離れた休耕田で、ささやかに打ち上げ花火をして盛り上がるのだ。

トトは携帯で撮影し、SNSにアップした。残念というか当然ながら「いいね」はつかなかったけれど、僕らは満足だった。

「派手ったって限度があるだろうが……」

レシートを見て顔をしかめるトト。

「それでも安くしてくれたんだよ。安藤商店にたくさん在庫があって、おまけにライターもつけてくれたし」

「安藤って、あの婆さんの店？　大丈夫かよ……」

「トト、暗いよ！　なんたって高校最初のドン・グリーズ花火大会だよ！」

「その……ドン・グリーズってのもさぁ……」

トトがぼそぼそと話していると、ふいに、基地の中にラジオのチューナーを合わせるような音が響いた。

ガー。ガガー、キューン、ガ・ガー。

『こちらドロップ。ロウマ聞こえる？　オーバー！』

トランシーバーだ！

ロウマはぱっと立ち上がり、机の上からつかみ取るとプレスボタンを押す。

「こちらロウマ。感度は良好、オーバー！」

言い終えるとボタンを離す。トランシーバーの使い方も慣れてきた。

『ついに半額になったよ、オーバー！』

「了解！　すぐ行く、オーバー！」

トランシーバーをポケットにねじ込むと、慌てて外に出ようとする。

そんなロウマをトトがつかまえ、

「待てよロウマ。今の何だ？」

「ああトト！　半額になったんだ、ドローンが！」

「ドローン？」

「おととい古道具屋で見つけたんだ。けど、高いからあきらめようと思ったら、ドロップが――」

「ドロップ？」

「そう、ドロップ！　ああ、トトにも紹介しなきゃね！　けど今は、早く行かないと――」

「落ち着け、そしてわかるように話せ。なんでドローンが必要で、そもそもドロップって誰だ？」

そのときバサッ、と勢いよく入り口の布が払われ、室内に光が差し込んだ。まぶしさに目を細めながら二人が振り向くと、そこには肩まである明るい色の髪を輝かせた少年が、いかにも待ちきれない、というふうに基地をのぞきこんでいた。

「さあ行こう、ロウマ！　欲しいものを手に入れよう！」

このときの光景は、一枚の写真のように、今も僕らの中に鮮やかに焼き付いている。

小さな町――誰もがお互いの顔と名前を知っているような、親密で、そして息苦しいこの世界に、ふいに落ちてきた異世界の一滴《ドロップ》――。

だけど僕らは、最初から順風満帆というわけではなかった。異物が入れば化学反応も起きる。人間関係とはえてしてそういうものだ。

「ね、言ったとおりだろ」

古道具屋のショーウインドウをのぞきなら、ドロップは言った。

確かに、ドローンは売れ残っていた。十万円が五万円になり、「最終処分」の文字が付け加えられていた。

ガラス越しにじっとドローンを見つめるロウマとトト。ドロップは少し離れて、体をユラユラゆらしながら、聞いたことのない鼻歌を歌っている。

「これ……マジで買うの？」

と、トト。

「うん……。全財産つぎ込めば……なんとか」

ロウマは唾《つば》を飲む。買う気で来たが、いざ払う段になるとやはりビビりの虫が出る。

トトはドロップにちらりと目をやると、ヒソヒソ声でロウマに言う。

「あのガキ、この店とぐるじゃねえの？　信用できんのかよ」

「僕と同じ十五歳だよ。ひと夏だけここにいるって言ってたけど……」

「だいたい何だよドロップってさ」

「えーとね、確か名前は――」

「佐久間雫《さくましずく》！」

後ろからドロップが叫んで、トトはひやりと肩をすくめる。

「あのなロウマ。ドローンだったら一万円しないで新品が買えるぜ」

「知ってる。でもどうせ買うなら良《い》いやつがいいんだ。高く遠くまで飛んで、花火大会を上空から撮影できるようなやつ」

「俺らの花火大会だろ？　河原のでっけぇ花火を空撮するわけじゃないんだぜ？」

「わかってるよ。でもトトだって、もっといいねが欲しいって、さんざ言ってたじゃない」

と、店からドロップがひょいと顔を出した。

「ロウマ！　お店の人が、ドローン買ったら超長持ちバッテリーをおまけにつけてくれるって」

「本当？　いま行く！　――あ、トトは心配しないで。これは自分で買うからさ」

ロウマは軽い足取りで店の入り口へと向かう。

「待てよ、ロウマ！」

「？」

トトの強い口調に、ロウマは驚いて足を止めた。

「なんであの場所知ってんだよ、あいつ」

「あの場所？」

「秘密基地だよ。俺たちの」

ロウマはハッとした。トトの目が怒っている。

「ロウマが教えたのか？」

「それは――」

「まぁ、そうだよな。そんで、ヤツを基地に入れたと」

「ドロップは面白いやつなんだ。トトにも紹介しようと――」

「だからって、入れるかフツー？　俺のいないときにさ」

「ごめん、トト」

トトは黙っている。ロウマはうつむいた。今更ながら自分の軽率さが悔やまれる。

いずれ会わせるつもりだったとしても、してはいけないことだった。

気まずい沈黙のあと、トトがフウッと息をついた。

「まー考えてみりゃ？　先にロウマを置いて町から出たのは俺だしな」

「トト。そんなの、僕は気にしてないよ」

「わかってる、だから忘れようって。俺は帰るよ、ねーちゃんがうるさいし」

「トト――」

なんだか最悪の雰囲気だ。

じゃあな、とトトが手をひらひらさせて帰ろうとすると、ドロップが店から飛び出してきた。

「トト！」

「？」

「今日は会えてうれしかったよ！」

「え？　ああ――」

「楽しみだね、花火大会！　ぼく初めてだからワクワクしてるんだ。ドローンでたくさんいい映像を撮ろうね。じゃあまた明日《あした》！」

無邪気にぶんぶん手を振るドロップ。

「ああ、うん――」

思わず手を振り、笑い返してしまうトト。

完全に調子が狂わされた。

そしてトトが行ってしまうと、ドロップはめんくらっているロウマにニカッと笑った。

「これで一件落着、かな？」


人をギョッとさせておいて、スッと懐に入り込む——。

ドロップには、そんな不思議なところがあった。

だけどそれは決して計算ずくではなく、彼の生い立ちが育てた稀有《けう》な能力——生きていくための——だとわかるのは、もう少し後のことになる。

第二章
TIVOLI

中学の時、少し変わった女の子がいた。

浦安千穂里《うらやすチボリ》。転校生で、明るくて朗らかで、誰とでも仲良くなるけれど、気づけばいつも一人でいた。

ロウマは同じクラスになったことはないが、チボリのことを知っていた。いや、正直に言おう——遠くからずっとチボリを見ていた。

だけどチボリは中三の秋、卒業を待つことなく遠い土地に行ってしまった。

みんな残念がったが、すぐに彼女のいない学校生活に馴染《なじ》んだ。

ひとりロウマをのぞいては——。

「ロウマ、ロウマったら」

呼びかけられて、ハッと我に返った。

「え、何？」

夕食の最中だった。両親が怪訝《けげん》そうにこっちを見ている。

ロウマはちゃぶ台の下で見ていた携帯電話をジャージのポケットにねじ込んだ。

「だから、ほうれん草よ」

と、母親の真子《まこ》、

「長野のおじさんがね、品種の名付けに悩んでるんだって。それで、ロウマのアイデアが欲しいみたいなの」

真子はロウマにタブレットの画像を見せる。おじさんの会社が開発したというほうれん草は、全体的にこんもりして、一般的なやつよりかなり大きい。というか密集している。一株から生える葉の数がハンパない。

「すごいでしょ。世界一の大きさになるかもって」

「すごいけど……なんで僕？」

「ほうれん草の名前って、男の子が好きそうなカッコいいのが多いのよ。この前のはなんだっけ？」

「えーと、カイザーだ」と、太朗。「カイザーのおひたし……って何の料理かわかんねえよなぁ」

「それがいいのよ。ねっ、ロウマのセンスで長野のおじさんを助けてあげて」

「ほうれん草にカイザーねえ……」

ロウマはまじまじと画像を眺めた。なんだか野菜っぽくない。樹木みたいだ。実は地面の下に太い幹があって、葉の茂る部分だけ上に出ているとか？

世界一のほうれん草。

世界一の樹木。

世界樹――。

「世界樹《ユグドラシル》……？」

ふと見ると、真子と太朗の目が点になっている。

「ゆぐ……？」

「……どらし……？」

「あっ、ええと――ごちそうさま！」

ロウマは箸《はし》を置くと、逃げるように茶の間を飛び出していった。

ユグドラシル。

それは伝説のトネリコの大樹の名だ。広げた枝は、全世界のすみずみまで届くという――。

その言葉を知ったのは、ロウマが中学三年の時だ。浦安チボリが教えてくれた。

いや、それは嘘。チボリが北欧に引っ越したという話を耳にして、自分であれこれ調べる中でこの言葉に出会ったのだ。

神と巨人と人間の住む九つの世界を内包する、世界樹ユグドラシル。そこでは命は力強く躍動し、そしていとも簡単に失われる。

マグマと氷、オーロラと雷《いかずち》。

やがて待ち受ける、滅びのラグナロク――。

「はぁ……」

ベッドの中で、ロウマは枕に顔をうずめていた。

恥ずかしい。これじゃただのイタいやつじゃないか。チボリのことも最近は忘れかけていたのに……。

赤いドローンが小学生の時から使っている学習机に置いてある。どうしても欲しかった。だけどトトを傷つけた。嬉《うれ》しさ半分、自己嫌悪半分。

ロウマはジャージのポケットから携帯電話を取り出し、写真投稿アプリを開いた。このアプリを通じて、無料でメッセージを送ることもできるし、気に入った人はフォローできる。

もっぱらロウマは写真をながめる専門で、フォローしているのは二人だけ。うち、一人はトトだ。トトは最近、花火の写真もこっちに載せている。

そしてもう一人は、

TIVOLI《チボリ》 Urayasu《ウラヤス》

チボリのアイコン画像は一眼レフカメラ。ロウマのとは違う写真を使っているが、カメラの機種は同じだ。

プロフィールが日本語と英語で書かれている。

『新しい国での生活。今まで見たことのない世界に感動！ もっと英語を勉強して、いつか他の国にも行ってみたいな』

見つめるロウマの胸に、苦い思い出がよみがえってくる――。

「アイルランドだ！」

トトが興奮気味に基地の中に飛び込んできた。

中学三年の秋。トトの前髪が、まだ七三分けだった頃だ。

「アイルランド？」

ロウマは漫画を読んでいた。高校受験を数か月後にひかえながら、いまだ勉強に身が入らず、ここで時間をつぶす日々だった。一方のトトは毎日ギッシリ塾通いだったから、そのわずかなスキを見てかけつけたのである。

「だから、浦安チボリの引っ越し先だよ。手に入れるの苦労したぜぇ、女子も全然知ってるのがいなくてさ」

「え、海外なの？　で——それ、どこ？」

トトはロウマの隣に座ると、小さなメモを突き出した。

「これ、チボリんちの番号。かけてみ」

「い、今？」

「あ、お前スマホないんだっけ」

トトはロウマにメモを持たせて、自分の携帯電話に入力し始める。

「な、なにしてんの」

「くそ、読めねえな自分の字なのに……354・212・6852……決まってんだろ、チボリんとこにかけてんだよ」

「国際電話って高いんじゃ」

「心配するな、俺は将来稼ぐ男だ」

「何そのセリフ、言ってみたい――って、これ、浦安さんの携帯？　まさか家電？」

「うっせえな。俺も時間がねえんだ、話したいなら今話せ！」

トゥルルルルル……。

「うわっ！」

向こうを呼び出す音がして、思わずロウマは飛び上がった。

「シッ、静かに」

トトが携帯電話をロウマの方につき出す。ロウマはまだ動揺しつつも、覚悟を決めたように気配に耳をそばだてる。

しかし、鳴り続ける呼び出し音。

「……出ないか」と、トト。

「時差……あるよな」と、ロウマ。

「……大丈夫、向こうはもう朝六時過ぎだ」

「六時⁈　クッソ迷惑じゃねーか！」

ロウマが通信を切ろうとすると、トトがそれをかわす。

「なんでだよ。番号さえわかればって言ってたじゃねえか」

「外国なんて思わなかったんだよ！」

「ロウマはすぐにあきらめる。一人で立ち向かおうとするからビビるんだ。俺が一緒に見届けてやる。だから勇気を出せ！　お前の十五歳最後の勇姿を見せつけろ！　信じて進めば、欲しいものは手に入れられるはず——あっ！」

一瞬のすきをついて、ロウマが通信を切った。

「……畑、手伝わなきゃ」

そう言ってロウマは腰を上げた。

「今日、進路希望出したよ。やっぱり東京は受けない」

「ロウマ……」

「多喜高《たきこう》にした。農業科があるし、あそこならチャリで通える」

「…………」

ロウマは笑ったが、トトは黙っていた。

基地から出るとロウマは空を仰いだ。ちょうど飛行機が一機、青空を横切るところだったが、すぐに生い茂るブナの枝で見えなくなった。

その後、ロウマは地元の高校へ行き、トトは東京へ。

以来、チボリの話はしていない。

ロウマはつぶやいた。自らチボリへの通信を切っておきながら、いまだにフォローしている自分がみじめに思えた。

もうチボリを追いかけるのはやめだ。ロウマは写真投稿アプリをアンインストールした。そしてアプリが画面から消えてすぐに、トトもフォローしていたことを思い出した。絶対に文句を言われるな。でも時すでに遅し。

ロウマはドローンを手に取った。明日《あした》はこいつで花火を撮影しよう。いいねが山ほどつくようなやつを撮って、トトを喜ばせてやるんだ。

「……何やってんだ」

だが、二人は気づいていなかった。

あの日、ロウマがトトの携帯電話の通信を切ったとき、画面が示していたのは「呼び出し中」ではなく、「通話中」だったということを——。

第 三 章

花火大会

ドロップは僕らと同じ十五歳だった。

呼び名の由来は、名字のサクマからきているのか、それとも名前の雫からか……まぁ、どっちでもいい。

一緒に暮らしていた祖父の具合が悪くなったので、ひと夏の間、遠い親戚《しんせき》のいるこの町ですごすことになったのだという。

高校にも行かず、毎日気儘《きまま》にやっているというドロップ。うらやましい！　けど、将来が不安にならないか？　ひょっとして、すごいセレブの息子？　いやいや、トンデモな大ウソつきだったりして？

そんな妄想をしてしまうほど、ドロップは常に飄々《ひょうひょう》として、なんともつかみどころのないやつだった。

花火大会の始まる時間が近づいた。

町にはそぞろ歩く人の姿が増え、公園や商店の前には浴衣や甚平を着た若者たちが集まり始めた。

一方、ドン・グリーズの秘密基地からは、ヴ――――ン……という不気味な音が響いて、暗くなりかけた森の空気をふるわせていた。

「わーぉ、まるでハチのモンスターだ！」

パーカーのフードの上から耳を覆って、ドロップが言った。

「音もそうだが風もすげえ」

と、前髪を手で必死に押さえながら、トト。

畳の上で、赤いドローンは今すぐにでもふわりと浮き上がりそうに、四つのプロペラを高速で回転させていた。

「使い方は大体わかったよ」

ロウマがコントローラーを操作して、プロペラをいったん止める。

「でもこれ、アプリと連動してるはずなのにスマホに録画が残らないんだよ。アプリの方のエラーかなぁ」

「SDカードはセットしてある？」と、ドロップ。

「うん。そっちには記録できるはず」

「要するに不良品じゃねえか。そんなのに全財産はたいたのかよ」と、トト。

「でも充分使えるよ」

「まだなんもやってねえだろ……っておい、ゴミ箱じゃねえぞ！」

見ると、ドロップが焼き菓子を食べながら、その黄色い包み紙を机の一番上のひきだしに入れている。

「宝物だよ」と、ドロップ。

「ゴミが？」と、トト。

「もし明日世界が終わるとしたら、その瞬間、トトは何を後悔する？」

「こいつ人の話聞いてねえ」

トトがあきれ顔でロウマを見るが、ドロップは気にしたふうもなく続ける。

「ぼくはね、この広い世界のどこかにある、ぼくの宝物を見つけられないままに終わってしまうってこと──それを一番後悔すると思うんだ」

「…………？」

「だからずっと、世界をまるごと見下ろせたらな、って思ってた」

ドロップはドローンを手に取ると、子どもがおもちゃの飛行機で遊ぶみたいにブーン……と飛ばすまねをする。

「思い切って高く飛べば、きっと今まで見えなかった景色が見えてくる。上ばかり見て、手を伸ばしていた宝物だって、気づけば足元に見下ろしているんだ。そうして手に入れた宝物は、今日ぼくがここに生きていたっていうことを証明してくれる。ぼくはそう信じてるんだ」

ブーン……とドロップはドローンを畳に戻すと、ニカッと笑った。

「で、結局、なんでゴミが宝物？」と、トト。

「えーっ、まだそこにひっかかるの？」

するとロウマがおずおずと言った。

「実は、僕もよくわからなかったんだけど……見下ろす、っていうのは……なんかいいなって思った」

「だろ？　憧《あこが》れるよね」

「僕の場合、そういう憧れとはちょっと違うんだけどさ」

ロウマはジャージのポケットから携帯電話を取り出した。

クラスの男子グループのSNS。花火大会を前に、大量の未読コメントがある。開くと、トトとドロップが身を乗り出してのぞきこむ。

『女子全員来るのかな』

『みんな浴衣？』

『誰狙い？　さらそうぜ』

…………ロウマの指が画面をスクロールしていく。

…………

『肥やし畑のドングリは来なくていいからねーw』

『呼んでねーからww』

ケンジとツヨシだ。高校でロウマのことをドングリと呼ぶのは、小学校からずっと一緒のこの二人しかいない。そしてクラスの他のメンバーは、ロウマをかばうでもからうでもなく、いわゆる「スルー」で会話を続けていく。

ロウマはSNSを閉じた。

「……同じ学校になっちゃったからね」

と、あきらめ顔のロウマ。

「露骨に嫌がらせをするのはこの二人だけだけど、そういうの、どうしても周りに伝わるだろ。高校に行っても結局何も変わらなかった。だから……ドロップの話を聞いて、本当に見下ろしてやれたらって思ったよ」

「クソだな……！」

　トトが吐き捨てるようにつぶやく。

「じゃあ、見下ろしてやろうよ」

　ドロップが言った。そして立ち上がると、ハーフパンツについたほこりをはたいた。

「いつか見てろって思ってても、そのいつかなんて来るかどうかも分からないんだ。だからロウマ、やってやろうよ。今から！」

「今から？　やるって何を？」

「そいつらをギャフンと言わせるのさ」

「ぎゃ、ギャフンって」

「もちろんトトも協力するよね」

「えぇ──俺も？」

　すっとんきょうな声を出すトトの肩に、ドロップが腕をまわした。

「友達なんだろ。一緒に飛ぼうぜ！」

空が夕焼けに染まるころ、高校の門の前にはけっこうな数の生徒たちが集まっていた。めいめい浴衣や甚平を着て、女子は女子、男子は男子で固まって何となく様子をうかがっている。ノリによっては合流してもいいかな？　と、互いに品定めしている感じだ。

ご多分に漏れず、ケンジとツヨシもアイスキャンディーをなめながら階段に座りこみ、浴衣女子たちを眺めていた。

「やっぱさー、浴衣っていいよなー」と、ツヨシ。

「そうか？　ブスばっかじゃん」と、ケンジ。

「とか言って、さっきからずっとリサのこと見てるじゃねえか」

「うるせーな。お前こそユウナ狙いだろ」

「もう少ししたら誘いに行こうぜ、マジで」

「いいけど。あー、俺、今日彼女が出来たらどうしよー」

ふいに、生徒たちの中からざわめきが起こった。

「なに、あれ？」

「――――？」

ケンジたちも振り返る。

夕日をバックに、こちらに向かって歩いてくる三つのシルエット。

男一人と女が二人。

男は襟付きのシャツを着崩し、サマージャケットをラフに右肩にひっかけ、ヘアをワックスでカンペキなまでにきめている。

その左右に二人の女子。小柄ながらグラマラスなボディがキュートなツインテールのギャルと、真っ赤な唇に太ももまで切れ込みの入ったロングドレス、ブロンドヘアのスレンダー美女だ。

「芸能人？　ドラマの撮影？」

しかし、どこにもテレビクルーらしき姿はない。

誰もが、この小さな田舎町にはあまりに非日常で異様なゴージャス三人組を、ただボケーッと口をあけて見つめている。

「わっけわかんない……」

「けど、なんかスゲー……」

香水の匂いを振りまきながら、三人が陽炎《かげろう》の向こうに立ち去ったあと、最初に我に返ったのはケンジの意中の女子、リサだった。

「――ねえ。いまの、鴨川ロウマ？」

「え？　うそ？」

と、ツヨシのお目当て、ユウナ。

「いや、そうだよ。髪が違うから一瞬わかんなかったけど」

「え？　えええ？」

「チョーいい匂いしたんですけど！」

女子たちはキャーキャー騒ぎながら、いまだ香水の魔法からさめやらぬ男子たちをチラリと見た。鼻の下を十センチも伸ばして、ぼんやりマヌケ面したケンジとツヨシ。

「うわー、これはないわ」と、リサ。

「ないないない。絶対ない」と、ユウナ。

だいぶ遅れて、ようやく男子たちがこの世界に戻ってきた。

「あっ、ユウナ！　よかったら、花火、俺たちと！」

「リ、リサも一緒に！」

ケンジとツヨシが慌てて言った。しかし女子たちは「いこいこ」と、下駄《げた》の音を響かせてあっという間にいなくなってしまった。

角を曲がって生徒たちが見えなくなるや、三人は猛然と走り出した。

「アホか！　誰かにバレたらどうすんだ！」

ブロンドのかつらとハイヒールを手にダッシュするトト。

「やばすぎる！　めっちゃ緊張したあぁ！」

ワックスで固めた髪が、風でトサカのように逆立っているロウマ。

「あははははは！　見ただろあの顔！　鼻の下ビローンと伸ばしちゃって、ほんっとバカまるだしのマヌケ面！」

と、ツインテールをなびかせて走るドロップ。

「黙れ黙れ黙れ！　ねーちゃんの服と化粧品を黙って持ち出して、シめられるのは俺なんだぞ！」

トトが胸のかわりに服に詰めこんだ風船は、すでにありえないところに移動している。

そしてロウマはアドレナリン全開！　こんな気持ちい――いや、バカみたいなこと、自分がやるなんてつい一時間前までは一ミリ――いや、一ミクロンも思っていなかった。

「わあああああああああああ！」

田んぼのあぜ道を、三人は叫びながら駆け抜けていった。

基地の前に戻る頃には、すっかり日が暮れていた。

「……で、なんなん？　お前のこの無駄な女装スキル……」

スカートのまま、トトは切り株の上にどかっとあぐらをかいて言った。

「……本当だよ。化粧なんてどこで覚えたの」

ロウマはすっかり疲れ果て、仰向けに地面に寝ころがっている。

倒木に腰かけたまま、ドロップはまだ肩で息をしていた。三、四回深呼吸をして、息を整えてから、ゆっくりと話し出した。

「少し前に入院していたとき……きれいなお姉さんと知り合って、教えてもらったんだ」

「入院？」と、トト。

「お姉さんは美容師を目指していて……美容師って、髪だけじゃなくてメイクもするんだよね。お絵描きみたいでけっこう楽しくてさ」

「ドロップ、入院してたの」と、ロウマ。

「うん、トトの金髪のかつらも病院からもらってきちゃった……」

「ぴょういん？　ぴょういん？」と、トト。

「――ドロップ、大丈夫？」

ロウマは聞いた。ドロップが苦しそうなのが気になった。

「どうして？　ぼくは大丈夫だよ、ロウマ」

そう言うと、ドロップはぴょんと立ち上がってウシシシといやらしく笑った。

「ねえ、見ただろ？　あいつらの顔。……あがが……ろうまさま～まいりまひたあ～」

「ちょ、やめて、脇腹痛い」

鼻の下を思いっきり伸ばし、ケンジたちの真似をするドロップに、ロウマはお腹を抱えて笑いだす。

するとドロップは調子づき、今度はトトにすり寄っていく。

「やめろ、来るな！」

ゲラゲラ笑うロウマの周りを、ドロップとトトが追いかけっこをしてぐるぐる回る。

ドロップの執念深さは恐怖を覚えるほどで、そのうちトトもついにイってしまったのか、ゲラゲラと笑い始めた。

と――、

ドーーーン！

暮れかかった空に、大きな花火が上がった。

「しまった、始まった！」と、ロウマ。

「ぼくたちも花火！」と、ドロップ。

「まじかよ？　もういいじゃねえか、こんだけやったら……」

「良くないよ。ほら、トトも荷物持って！」

ぐずぐず言うトトを、あとの二人がせかすようにして、三人は花火やドローンやバケツを抱えていつもの休耕田へと急いだ。

その日は朝から生ぬるい不穏な風が吹いていた。

休耕田に着いたとき、風はさらに強まって、田んぼを囲む林の木々がざわざわと不気味な音をたてていた。河原の花火が遠くに見えて、すでにばんばん打ち上がっていたので、僕らは少し焦っていた。

「……あーあー。服ボロボロ。ねーちゃんに殺されるよ……」

トトはぶつぶつ言いながら、ロウマが安藤商店で買った打ち上げ花火を地面にセットしていた。

ロウマはドローンを持って、花火から少しはなれたところに移動するとスイッチを入れた。ドローンはヴ――――ン……とプロペラ音を立てて、ふわりと舞い上がった。

「上がったよ！　こっち、準備ＯＫ！」

コントローラーを操作しながらロウマが叫ぶ。

「りょーかい！」

ドロップが手を振って答える。

「トト。火は何で付けるの。ライター？」

「ふつうはろうそくだろ」

「でもライターしかない。トト、風よけ」

ぶつぶつ言いながら、トトはしゃがんでスカートで風よけを作る。するとガーッ！とライターからバーナーのような火が噴き出し、導火線に火が付いた。

「あっち！　なんだよこのライター。風よけなんていらねえだろ！」

「危ないから離れて！」

一方、ロウマはドローンの操作に苦戦していた。強風のためかアプリの調子が悪いのか、思い通りの方向にいってくれない。

「ロウマ！　どこいくの？　花火はこっちだよ！」と、ドロップ。

「わかってる！　風！　風が」と、ロウマ。

火花はバチバチ音を立てながら導火線を進み、いよいよ花火本体に到着。

「着火！」

ドロップが叫んで、トトが耳を両手でおさえる。

ド———ン！

……シュー……。

「……あれ？」

盛大に打ち上がったのは河原の花火のほう。こっちは細い煙を上げたあと、完全に沈黙してしまった。

「おかしいな……」

そーっと花火に近寄って見るドロップ。その手からトトがライターをひったくる。

「めんどくせえな！」

トトは横一列に並べた花火に一気に火を噴射！　しかし一つ残らずシュー……と煙を上げて、消えてしまった。

「んだよこれ！　何年前の花火だ。全滅じゃねえか、おいロウマ！」

その遥《はる》か遠くでドローンを必死に追いかけているロウマ。

パンパン！　パンパンパンパン！

「わっ?!」

トトの足元で爆竹が炸裂《さくれつ》！　唯一これだけ生きていたようだが、今度はその火花が、ドローンを入れてきた紙袋に燃え移った。消そうとしたトトがうっかり裸足《はだし》で踏んで悲鳴をあげ、すぐにドロップがバケツの水をかけて消火。そこへロウマが血相を変えて走ってきた。

「ドローンが飛んでった！」

「そりゃ飛ぶだろうよ」

「そうじゃなくて！」

ロウマは上を指さす。河原から流れてきた煙で灰色になった空に、赤い点のようなドローンが漂っている。

「すっげー。あんなに飛ぶんだぁー」

と、感慨深げにドロップ。

「コントロールがきかないんだ。どうしよ、トト？」

「あのな！　そもそも夜にドローン飛ばすのは法律違反なんだよ」

「そうなの？　それならそうと──」

「誰もあんな遠くまで飛ばすとは思わないし、止めたってお前らやっただろ！」

「ロウマ、ドローンが風に流されてるよ。河原の方に行っちゃうよ」

「ええっ、僕の全財産?!」

「あーくそっ！　あいつを絶対に取り戻せ！」

ドローンを追いかけ三人が暗い山道を走っているころ、河原では打ち上げ花火がクライマックスを迎え、町中が光と歓声に包まれていた。

日付が変わろうとするころ、その山火事は起きた。

消防車や防災ヘリがくりだす騒ぎとなり、町にはサイレンが鳴り響き、人々は表に出て真っ赤に染まった空を不安そうに眺めた。避難する人々の車の列は、深夜すぎまで続いていた。

しかし雨が降り出すと、火事はみるまに下火となった。明け方にはほとんど鎮火し、みなが胸をなでおろした。

それがまさか、あんな騒ぎになるなんて、三人のうち誰一人として想像もしていなかった。


「それ、昨日の山火事だね」

基地の中で、ドロップはロウマの携帯電話のネットニュースをのぞきこんで言った。

「こういうので自分とこの近所が映るの初めて見たなぁ。あ、これ僕の小学校だよ」

「へえ、どれ？」

結局、ドローンを取り戻すことはできなかった。

完全に見失ったとわかったとき、三人は目もあてられないほどボロボロ――とくに全財産を失ったロウマと、茜の洋服を無断借用していたトトの絶望ぶりは激しかった。トボトボ帰るその道すがら、三人は山火事を目撃していた。

「雨が降ってよかったね。ロウマのドローンは残念だったけど」

「ははは……」

勢いよく入り口の布が跳ね上がり、トトが駆け込んできた。

「ロウマ！　見たかこれ！」

「え？」

「山火事の犯人、俺らだって！」

トトは自分の携帯電話を突き出す。画面には、中学同窓グループのSNS。

そこには目を疑うようなコメントが並んでいた。


『速報・山火事の犯人はドングリ　#拡散希望』

『女2人連れて調子のってファイアー♡』

『安藤商店で大量の花火とムダに火力の強いライターを入手したとの情報アリ』

『御手洗も共犯じゃね？　鴨川一人じゃなんもできん』

『ドングリ2名　共犯確定　w』


「え？　なに？　なにこれ？」

ロウマは意味がわからなかった。なぜ自分たちが犯人に？

「知るかよ。けどもう、そういうことになってんだよ」

「落ち着いてトト。河原の花火ならまだしも、ぼくらの花火があんな向こうまで届くはずないよ」と、ドロップ。

「あのな。俺らがあの山の隣の田んぼで花火をしたってことが問題なんだよ」

「でも火は付かなかったし……あ、付いたか。でも消したよ」

「誰がそれ証明してくれんだよ」

「ぼくら本人がそう言ってるんだから」

「わっかんねーやつだな。こうなったら俺らが何を言おうと関係ねぇっつってんだよ！　クソ、だから俺はいやだって……」

トトは頭を掻《か》きむしると、ガックリと肩を落として膝《ひざ》を抱えた。

ロウマは画面をスクロールする。ロウマたちの放置した休耕田の花火が、物的証拠として警察に回収されたというニュースがご丁寧に画像付きで貼ってある。

「どうしよう……。警察に説明しにいく？」

「ダメだ。俺たち法律違反してる。その上、万が一放火容疑までかけられたら——」

そうする間にも、コメントはリアルタイムに書きこまれ続ける。

『情報提供してくるか　市民の義務だよな』

『放火　ダメ　ゼッタイ』

『てか　あいつらいつも山でなにしてんの？　いつかなんかやらかすとは思ってたけど』

『退学決定　御手洗ガリベンしたのにカワイソー　w』

『通報しました』

内容は根も葉もないことばかりだ。だけどここまでくると、さすがにロウマも不安に襲われる。

「ねえ、ドローン捜しに行こうよ」

ドロップが言った。

「それどころじゃねぇだろ。お前があいつらを煽《あお》るから、こんなことになるんじゃねえか」

「だってロウマの全財産だよ。せっかく全財産を飛ばしたのに、映像を一度もちゃんと見てないんだよ」

「映像――？」

ふいに、トトがハッと顔を上げる。

「……あっ。いや……やっぱりナシ……！」

「映像が何？」と、ロウマ。

「何でもない。忘れろ」と、トト。

「あっ、そうか！」

ドロップが大声を出す。

「ドローンにはぼくらのアリバイが映ってる。火事になった山には行ってないし、火もちゃんと消した。ドローンを見つけて、その映像が記録されたSDカードを回収すればいいんだ」

「なるほど！」

ロウマは思わずひざを打った。無実の証明に一筋の光だ！

だがトトは、うんざりしたように肩をすくめる。

「何度も言うけど、ドローンを夜に飛ばすのは法律違反。俺らすでにヤっちゃってんだよ。仮にそこは百歩譲ったとしてもだ……ドローンに何が映ってるのか考えたか？」

「だから、僕たちだろ？」と、ロウマ。

「ねーちゃんのスカートはいて、口を真っ赤に塗りたくって、胸に風船つめて⁈」

「でも、犯人にされるよりマシだよ」

「そのドローンを、俺ら見失っただろ！」

「ロウマ、これは？」

ドロップがロウマの携帯電話を突き出した。ドローンの追跡アプリがインストールされている。昨日は不具合なのか開けなかったが、タップすると今日は正常に開いた。

おおっ！　と声を上げる三人。

ロウマは必要なデータを入力する。ドローン回収がにわかに現実味を帯びると、一体どこから引っ張りだしたのかムラムラと闘争心がわいてきた。絶対に無実の証拠を手に入れるぞ。毎回僕らが泣き寝入りすると思ったら大間違いだ。

トトとドロップの期待を背負い、ロウマがサーチボタンをタップ！

目的地　自分の機体
出発地　現在地
方法　徒歩
ルート①18時間25分

ルート②18時間32分
　63・2km　県道32号線より登山道
心から感心したようにドロップが言った。
「バッテリー、ほんとに超長持ちしたねえ」
その場に崩れ落ちるロウマとトト。すると、
「どんだけ風に乗ったんだ……」
「十八時間……マジか」

　三人はドローン回収に動き出した。決行は明日の早朝。今日のうちに必要なものを隣の町まで買いに行く。山岳地図に懐中電灯、そして――これは少々もめたが――クマ撃退スプレー。

　共同で使うものは分担して持つ。食料は各自持参のこと。アプリの示した登山道の様子がわからないので、自転車で行けるところまで行く。

最低、山中で一泊は覚悟。もちろん他言無用――家族にも、だ。

まさに僕らは「運命共同体」だった。

にもかかわらず、三人三様——というか、バラバラだった。

「やったね、明日《あした》はペルセウス座流星群だよ」と、どこまでも陽気なドロップ。

「おい、遊びじゃねえぞ！」と、いらだちを隠せないトト。

明日はトトの家に泊まるとロウマは親に嘘をついた。仕方ないとはいえ、後ろめたい気分だ。その一方で、この厄介な事態にもかかわらず、いつもとはちがう夏の予感にワクワクしている。

赤いリュックに荷造りをしながら、ふと、ロウマは思い出して、押し入れから箱を出した。

中には一眼レフカメラ。ロウマがアイコンに使っているやつだ。手に取ってみると、遊びじゃねえぞ！　というトトの声が頭の中に響いた。

そうだよな……と、つぶやくロウマ。これは遊びじゃないんだ。

そしてそっと、カメラをまた箱の中に戻した。

翌日、早朝。

県道に続くトンネルの前に、自転車に乗ったロウマとドロップがいた。

「このトンネルの向こう、行ったことある？」

ドロップがロウマに聞いた。

「……ない」

天然の岩の裂け目を利用したトンネルは、奥が深く、真っ暗で向こう側の光が全く見えない。幽霊が出ると昔から噂がある。

「じゃあ、初めての冒険だ」

ドロップは笑う。でも乗っているのは自転車ではなく、パーカーと同じ黄色の、やけに年季の入ったキックボードだ。

「チャリ、ないの？　それに、えらくボロボロだけど」

「ぼくはこれで行くよ。旅の相棒なんだ。ぼくの最後の冒険、見届けてもらわないとね」

「最後？」

ひっかかった。でも、聞き返す前にトトの声が聞こえた。

「悪《わり》ィ、遅くなった」

振り向いて、ロウマとドロップは噴き出した。トトが乗っているのは、ピンク色の前カゴのついた子供用の自転車。なのにリュックは、今からヒマラヤにでも登るの？　とツッこみたくなるような重装備だ。サドルが低すぎるのか、リュックでバランスがとれないのか、フラフラと揺れている。

「しょうがねぇだろ、俺のは東京に置きっぱなしなんだから」

絵に描いたようなトホホのトトに、ふたたび爆笑するロウマとドロップ。

「まあ、とにかく行ってみようか——」

そうして僕ら三人は、冒険の旅のペダルをこぎ出した。

真っ暗なトンネルの中へ。その先に、何があるのかわからないまま。

やがて見えてくる小さな光。

その向こうを目指して。

第四章

宝物がなにかわからない宝探し？

旅のスタートは順調だった。電波は正常、追跡アプリも問題なく機能して、ドローンの位置を絶えず知らせていた。

川沿いの県道はいくらか上り下りはあるものの、舗装されて走りやすかった。もしかして楽勝じゃね？　一泊なんて大げさだったな！　などとみんな楽観的に話していた。だがしばらく行くと、鉄パイプを組み合わせて作ったバリケードに、道は封鎖されてしまっていた。

「先日の林野火災の影響により、この先終日全面通行止め。ご協力をお願いします。消防庁……」

トトが看板を声に出して読んだ。

「山火事、こんなとこまで燃え広がってたんだ」と、ロウマ。

「これ以上は無理だな。しゃーねえ、帰るか」

二人が自転車をUターンさせようとすると、ドロップがキックボードをたたんでいる。

「何してんの」

「こっちから登れるみたいだよ」

ドロップはそれをリュックにしまうと、道のわきにある細い林道に入っていく。

「いやいやいや、この川沿いの道なんだって」と、トト。

「でも通れないんだから、行けるほうに行くしかないだろ」

「は？」

ドロップの後ろ姿が藪《やぶ》の向こうに見えなくなる。するとロウマもあわてたように自転車を道のはじに寄せ、その後についていってしまった。

一人取り残されたトト。

「――ちっ。勝手なことすんなよ」

トトはいまいましそうにつぶやくと、自分の自転車をロウマのと並べるようにして停め、林道へと入っていった。

林道は枝や落ち葉が積もり、普段は使われていないようだった。おとといの雨の湿り気がまだ地面に残っていて、滑らないよう気を付けながら進むと、生焼けの炭のような鼻をつくにおいがして、ほどなく山火事のエリアに入った。木々の幹はどれも真っ黒に焦げ、枝という枝もわずかな緑を残してほとんど焼け落ちていた。

「……これ、僕たちのせいになってんの？」

と、ロウマ。

「止まんな。こんな火事現場の近く歩いたらマズいだろ」

と、トト。

ドロップは地図とにらめっこしながら、だいぶ二人の先を行っている。チリンチリンと音がするのはクマよけの鈴だ。

「しかしあいつ、ホントに道わかってんのか？　いきなりルート外れるとか、ありえねえだろ」

「でも、通行止めだし……」

「いったん戻るって選択肢もあるだろうが。お前も何も考えずに付いて行くんじゃねえよ。頭使えよ」

これにはさすがのロウマもムッときた。が、文句を言う前にシッ！　とトトに頭を押さえつけられた。

……何かいる。

パキッ、パキッ、と枝を踏むような音がする。鹿？　猪？　クマだったら最悪だ。

二人が息を殺してそおっと藪から顔を出すと、蛍光色のビブスを着た数人の警察官の姿が目に入った。

「最悪の一つ前だな」と、トト、「現場検証だよ。今見つかれば、俺ら完全に犯人扱いだぜ」

「マジで?!　それはまずいよ」

二人は忍び足でその場を離れ、警察官が見えなくなるやダッシュでドロップに追いついた。

「な、なに？」

「逃げるんだよ。見つかったら逮捕されるぞ！」

ガサガサ荷物を揺らして三人は林道を急ぐ。と、今度は行く手に消防官が見えた。

行くも地獄戻るも地獄とはこのこと。

「――登れ！」

トトの一声に、こんどは道のない斜面を駆け上がる。濡《ぬ》れた落ち葉に足がとられて、いまにも転げ落ちそうだ。

「なんで逃げなきゃいけないんだよ。無実なのに！」と、ドロップ。

「黙って走れ！　さっきからチリチリチリチリうるせえんだよ！」と、トト。

「クマよけの鈴だよ」

「捨てろ！」

トトが鈴をちぎって放り投げた。

「あっ！　クマに遭ったらどうすんだよ！」

次の瞬間、二人は先を走っていたロウマに玉突き式にぶつかった。

「いってぇ――?!」

ロウマは棒のように固まっていた。

そしてトトとドロップは、のどまでこみあげてきた悲鳴を飲み込んだ。

クマだ。

しかもかなり立派な成獣。こちらをにらみつけてウウウ……と唸《うな》り声をあげている。

まずい。食われる……！

この危機的状況にロウマの脳の九十九パーセントが停止、しかし残りの一パーセントがものすごい速さで回転した。背中を見せたらだめだ。クマはやたらと人は襲わない。そもそも臆病《おくびょう》な動物だから。目を逸《そ》らさずに、こっちの方が強いんだってアピールすればいいんだ！

ロウマはゆら〜っと両手を広げた。威嚇のポーズだ。それを見たトトとドロップもまねをして両手を広げると、明らかにクマは戸惑う様子をみせる。

なんだか変な空気になった。

ロウマは焦った。これいつまでやればいいんだ？　そうだ、こんな時のためのクマ撃退スプレー！　あれ、誰が持ってるんだっけ、トト？

ロウマはちらりとトトを見て、リュックのポケットがふくらんでいるのを確認した。ポケットは三つだ。右？　左？　それとも後ろ？

「ロウマ！」

ドロップの声に、ロウマはハッと振りむいた。目を逸らした一瞬のすきにクマが突進してきた。

一か八かで、トトのリュックの右ポケットに手をつっこむ。ビンゴだ！　つかんだスプレーを、ロウマはすかさずクマに向かって噴射！　――が、風下だったのでもろに自分たちがかぶった！

「ウエエエエ！　目が痛《いて》ええええ！」

「ゲホゲホ！　ゲホッ！」

「く――くらえ！」

再び噴射し今度は命中！　クマがうめいて、たじろぐように立ち上がったすきに、三人は超ダッシュで走りだした。

このとき僕らがどこをどう走ったのか、全く記憶にない。人間、必死になるとそうなるものだ。気付けば僕らは髪を振り乱し、涙と鼻水で顔をべとべとにして、地面に座りこんでいた。

ちなみにロウマがスプレーしたのは、クマ撃退スプレーではなく、トトの前髪を固めるための整髪料だった。そんなものでクマが逃げてくれたのは、かなりの幸運だった。にしても、そんなの山に持ってくるか？　ふつう……。

そうしてホッとしたのも束の間、僕らは道を完全に見失ったことに気が付いたのだった。

アプリを頼りにロウマは黙々と先頭を歩いていた。走ったせいか、やたらとのどが乾く。しかし貴重な水をゴクゴクと飲むわけにはいかない。

トトのため息の回数が増えた。いらついているのはあきらかだった。

「……だいたい、やってないことを証明するなんて不可能なんだよ」

トトが恨みがましくつぶやく。

「無実は無実だよ」と、ドロップ。

「関係ねえよ。人間ってのは、何かあったときに誰かのせいにしないと気がすまねえんだ。ドローンなんか捜してもムダかもしんねぇぞ」

ドロップもあまり笑わなくなった。ギスギスした空気が漂う。

ふいにロウマが立ち止まった。

「どうした？」

「アプリが……」

ロウマは携帯電話を見せる。ドローン追跡アプリは圏外になり、現在地がどこなのかもわからなくなっている。

「ここ、どこなんだろう……」

ロウマは心細げにあたりを見回す。まだ時間は昼過ぎだというのに、鬱蒼《うっそう》と茂る木々に太陽がさえぎられ、もう夕方のような暗さだ。

「大丈夫だよ。ドローンは北にあるんだから、北へ向かって川沿いの道を目指せばいい」と、ドロップ。

「川ってどこだよ」と、トト。

「きっとこの先にあるよ」

「この先ってどこだよ、あと何分歩けば着くんだよ」

ドロップはトトを無視して歩き出す。

「待てよ。わかんねーのにガンガン歩いてんじゃねぇよ。これ以上迷ったらどうすんだ！」

「うるさいなぁ」

「――は？」

「道は作ってでも進まなきゃ終わっちゃうんだ。トトは敷かれた線路の上しか歩いたことないの？」

「…………！」

「線路は歩いちゃダメだよな」

ロウマがムダにツっこみながら、立ち尽くすトトを抜かしていった。

トトの自尊心は傷ついた。

でもそれは、誰を責めることでもない。

少なくとも、ドロップにそんな意図はなかったし、ロウマも軽い冗談のつもりだった。それに二人とも、トトの置かれていた状況など、このときは知らなかったのだから。

最悪な雰囲気の中で歩き続けた。川は一向に見つからず、体はヘトヘト、のどはカラカラ。誰もが冗談の一つも言う余裕すら失っていた。

そんな中、「水のにおいがする」とロウマが言い出し、農家の鼻で目当ての川を探し当てたときは、みんな命拾いをした思いだった。

森の中にひっそりと隠れるように、その川は流れていた。

水は透明で、木漏れ日をキラキラと反射し、手を入れるとしびれるほど冷たい。上流には、段々のあるすべり台のような、小さな滝があった。

川辺の岩場で、三人は遅い昼食をとることにした。

「……で、結局メシはこれだけか」

トトがため息とともにぼやく。

三人の前にあるのは、バリバリに割れたポテトチップスの一袋。そして三本のコーラ。

「……ったく。なんでまともなもん持ってこねえんだよ？　揚げなきゃいけない冷凍コロッケだの、缶切りがないと開かない缶詰だの」

「トトんち泊まるって言ってるのに、やたら食いもん持ち出すのも変だろ」と、ロウマ。

「チキンカレー缶とツナ缶、カニクリームコロッケ。全部合わせたらチキンツナカニクリームコロッケカレーだよ。豪華！」と、ドロップ。

「開かない缶詰はただの缶なんだよ」

「それでもおにぎり落とすよりマシだよね」と、ロウマ。

「あれは！　……クマにくれてやったんだっ……うう、胃が痛ぇ……」

「……とりあえず、食う？」

ロウマはポテトチップスの袋を開いて、三人の真ん中に置いた。

貴重な食料だ。みんな一枚ずつ指でつまんで食べる。

そして、コーラの蓋《ふた》を開けて飲む。

「……ぬるい」と、ロウマ。

「でも、おいしいよ」と、ドロップ。

「あー、冷たいコーラが飲みてえ」と、トト。

ドロップは岩に腰かけて周りの景色を見渡した。そして目を閉じ、しばらくの間、木々のざわめきや小鳥の声に耳をすましていた。

「日本の滝はいいね。なんだか優しくて」

ロウマとトトはドロップを見た。

「ドロップ、外国に住んでたの？」

「うん。小五のときから」

「へえー、すごいね！」と、ロウマ。

「すごい？　たまたまおじいちゃんがいただけだよ。外国から見れば日本だって外国でしょ？」

「まあ、そうだけど……」

もごもご言うロウマをよそに、ドロップは話を続ける。

「ぼくの知ってる滝はこんな優しい滝じゃないんだ。あたり一面岩だらけで、木なんて一本もなくて——巨大な壁みたいな岩から、ドォー！　って水煙を上げて水が落ちてくるんだ。ぶあつい カーテンみたいに」

ドォー！　というところで、ドロップは大きく手足を広げた。

「グランドキャニオンか」と、トト。

「グランドキャニオン？　ナイアガラじゃなくて？」と、ロウマ。

「アイスランドだよ」と、ドロップ。

「え、ナイアガラってアイスランドにあるの？」と、ロウマ。

「ちがうよ。グランドキャニオンもナイアガラもアメリカ」と、ドロップ。

「ナイアガラはカナダにもあるぞ」と、トト。

ついにドロップが怒って言った。

「ややこしくしないでよ。ぼくはアメリカでもカナダでもなくてアイスランドの話をしてるの！」

「アイスランド！」と、ロウマ、

「――って、どこだっけ？」


ドロップは、おじいちゃんに聞いたという伝説を僕らに話した。

アイスランドのどこかにあるという、幻の滝の話。

荒涼として続く大地のその向こう、あらゆる生命を拒み続ける最果ての地に、その滝はあるという。

地球を真っ二つに切り裂いたような、深い谷底にあって、
凍てつくような寒さの中でも、それは決して凍らない。
耳をふさぐほどの音をたて、息もできないほどもうもうと上がる水煙。
その水量は、アイスランドの雪解け水のすべてを集めたより多く、
その滝つぼは、落ちれば二度と上がることはできない。
これまで多くの勇者が挑んで命を落としてきた。
その滝のどこかにある宝物のために――。

「宝物？」

ロウマは聞いた。

「そう。宝探し。正確には電話ボックス探し」

「なんだそりゃ？」と、トト。

「その滝のふもとに、幻の赤い電話ボックスがぽつんと立っているという噂があってね」

「なんで電話ボックスなんだよ」

「わかんないよ、噂だもん。電話ボックスといっても日本のじゃないよ。ヨーロッパ

の街角にある、木を格子に組んで赤く塗ったレトロな雰囲気のやつ。その滝が黄金に輝く瞬間に、もし立ち会うことができたら、電話が鳴って、とった人に教えてくれるんだ」

「教えるって、何を？」と、ロウマ。

「自分に必要な宝物は何か」

「ん？　つまり宝物を知るために宝探しをする——ってこと？　ようわからん」

すると靴をさかさまにふって砂利を落としていたトトが笑う。

「宝物が何かもわかんねえんじゃ、それ以前の問題じゃねえか。なんだよそのファンタジー」

「二人は、自分の宝物がなんなのか知ってるの？」

と、ドロップ、

「宝箱に入った財宝なんかじゃなくてさ、手に入れるのがどんなに難しくても、欲しくてたまらないもの。自分の人生をハッピーエンドにしてくれる、かけがえのないもの」

「今はとりあえずドローンじゃねえの」

トトがさえぎるように言った。

「黄金だの幻だのより、先に捜すものがあるだろ。行こうぜ」

靴を履き、トトはリュックをしょって立ち上がった。一瞬、ロウマにはドロップが悲しそうな顔をしたように見えたが、気のせいだろうか——？

「ねえドロップ」

「なに？　ロウマ」

「アイスランドって、アイルランドと近いのかな」

「ん？　まあ、そうだね。アイルランドがどうかしたの？」

ロウマはリュックの底からなにかを取り出した。

一眼レフカメラだ。

「あれ。親父さんにまだ返してないの」と、トト。

「うん、興味があるならやるって。でかいし邪魔だし、持ってくるつもりはなかったんだけど……結局、ギリギリになって入れてきちゃった」

ロウマは電源をONにした。液晶画面に以前撮った写真のプレビューが映し出される。青い花畑の中に、そろいのグレーのジャージを着た中学生の一団や、青い花をアップで写した画像などがあった。

「これ、ネモフィラの花だね。このカメラがロウマの宝物？」

ドロップが聞いた。

「そういうわけじゃ……ほとんど使ったことないし」

苦笑するロウマ。

「でもなんでか——ずっと手放せないでいるんだよね」


中学の時、ロウマは学年の課外授業で、ネモフィラ畑に行くことになった。スマホでいっぱい写真撮ろうぜ、と、みんな数日前から盛り上がっていた。携帯電話を持っていなかったロウマは、父が大事にしていた一眼レフカメラを黙って持ち出した。だがいざとなると、一人だけごついカメラを出すのが恥ずかしく、結局クラスメイトからはなれて一人で行動していた。


「いいよね、そのカメラ」

ふいに、背中から声がした。

ロウマがしゃがんでネモフィラの写真をアップで撮ろうとしていたときだ。驚いて振り向くと、そこにはジャージ姿で笑う浦安チボリがいた。

「古いカメラだけど、私、好きだよ」

チボリはなんのためらいもなくロウマの隣に座る。ロウマは思いっきりうろたえた。学年の人気者。同じクラスでもなんでもなく、ただ遠くから見ているだけの存在。その人が……こんなこと、まったくの想定外だった。

「う、浦安さん、あの……」

「チボリでいいよ。みんなそう呼ぶ」

「チ、チボリ……さん。……カメラ、好きなの？」

「うん。見てもいい？」

「ど、どうぞ……」

ロウマがカメラを差し出すと、チボリはありがとう、と受け取り、さっそく目の前のネモフィラにレンズを向けた。

「CCDセンサー憧《あこが》れてたんだ。CMOSとは一味違う色合いが出せるって」

「し……しーもす？」

カシャ——。

「ごめん、つい撮っちゃった」

「あ、いや、大丈夫、消さないで」

ロウマはカメラを受け取って、チボリの撮った写真をプレビューで見た。低い視線から遠くまでとらえたネモフィラ畑。一面の青の真ん中に、虹《にじ》のような弧を描く赤い線が写っている。

「キレイに出てる？ 色」と、チボリ。

「うん。真っ青……でも、この赤い線は？」

「テントウムシ」

「飛んだの？」

「そう、写した瞬間に飛んじゃったの」

「残念……だね？」

ロウマは様子をうかがうように言った。

でもチボリは、楽しそうに笑う。

「写真って難しいけど、面白いよね。もう二度と訪れない一瞬を永遠にしてくれる。初めてこのシャッターを押した瞬間の、私の気持ちなんかも一緒に。誰にも気づかれなかったはずの、世界のすみっこで起きたほんの小さな物語を、ここに刻みつけることができるの。自分が全身で感じた世界が、確かにここにあったってことを、誰の目にも見えるカタチで証明してくれるんだよ。それって、すごいことだと思わない？」

ロウマはぽかんと口を開けていた。

　チボリは声を上げて笑った。

「ごめん、私へんなこと言った」

「あ！　ううん、全然！　そんなのたいしたことないっていうか、いや、たいしてるけどそうじゃなくて……」

　チボリの伝えようとする熱量に、ロウマは圧倒されていた。それは生まれて初めて味わう種類の感動で、そのことをロウマもまたチボリに伝えたかったが、とうとう言葉は見つからなかった。

　チボリはジャージのほこりを払い、立ち上がった。

「こっちにいる間に、そのカメラ手に入れてみせるんだ。見せてくれてありがとう！」

「あ、うん！」

　手を振り去っていくチボリ。

　その後ろ姿に、ロウマは慌てて立ち上がって、手を振った。


「で、好きなの？　チボリちゃんのこと」

　川沿いの道を歩きながら、ドロップはにやにや笑って言った。

「ちがっ、好きとかそんなんじゃなくて」

「ウソだぞ」と、トト。

「ウソだね」と、ドロップ。

「違うってば！　ただ、初めてカメラの話を聞いて、なんかいいなって思っただけで――」

「初めて」

「いいなって思った」

「――もう、いい！」

「まぁまぁまぁ、悪かったって」

怒って二人を追い抜くロウマ。

トトもまだにやにやしつつロウマに追いついた。

「トトだって結局、高峰《たかみね》先輩に告白しなかったくせに」

「なっ?!――あ、あれは告白しなかったんじゃない。できなかったんだ！」

「高峰先輩？」と、ドロップ。

「トトの初恋の人だよ」

「うるせえ！」

トトはロウマの口をムグムグとおさえて黙らせた。

「俺だってなぁ、後悔してんだよ、今も。ちゃんと言えば良かったたって。だからロウマは簡単にあきらめるな。宝物が何かと聞かれれば、浦安チボリの一択だろ」

「……違うと思う」

トトは意外そうにロウマを見た。

「違うって、何が？」

「僕が欲しいのはそうじゃなくて……他にもっとこう……。足りないんだよ」

「足りない？」

「何かが――」


それ以上、ロウマは説明することができなかった。

自分に欠けているものがたくさんあることはわかっていた。その中で、もし、たった一つ――手に入れることができるとしたら、自分は何を望めばいいんだろう？

やがて太陽が沈みはじめ、地図が役にたたなくなると、僕らは山の迷路に迷い込んだ。鬱蒼《うっそう》と木の生い茂る、獣道のような道なき道を、登り下りの繰り返し。まるで悪夢を見ているようだ。

ついに、先頭を歩いていたドロップがぴたりとその足を止めた。

「──今どっちに向かってる?」

つまり、カンペキな遭難だった。

「言うと思った……」

トトがガクッと肩を落とす。いいかげん怒鳴り散らしてもムダと悟ったようだ。

「日が沈んじゃったからわかんないんだ。北ってどっち?」

「ロウマ、スマホでわかんねぇの?」

「そんなアプリ入れてないよ。県道走って行くつもりだったから」

「ダウンロードしろよ」

「圏外だし──トトのスマホは?」

一瞬、ギクッとこわばるトト。

「……忘れてきた」

「ええ? そんで人に文句言うわけ?」

ドロップがため息をつき、その場にすわりこんだ。

「もう暗いし疲れた。今日はここまでにしよう」

「北に行けばいいんだろ。太陽がないなら北極星をさがせばいいじゃねえか」と、トト。

「でも動くと危ないよ」と、ロウマ。

「こんな森の中でのんびり遭難してられっかよ！」

そう言うや、トトはがしがしと木の生い茂る斜面を登りはじめた。姿はすぐに見えなくなり、ロウマとドロップがやれやれと肩をすくめていると、うわあっ！　と叫び声がした。

「いまの、トト？」

「何かあったんだ」

ロウマとドロップは、後を追って斜面を登った。すると星の見える高台に出たところで、いきなり足元の地面が抜けた。あやうく木につかまったが、よくよく見ると、そこは地面があるように見えて、実は草が覆いかぶさっているだけの崖《がけ》っぷち。しかもその下にはごうごうと音をたてて川が流れていた。

「トトーーー！」

二人は大声で名前を呼んだ。暗くて周囲の状況がさっぱりわからない。しかしトトがここから落ちたのは、ほぼ間違いない。

二人は崖をほとんど滑るようにして川岸まで下りた。細くて頼りない月明かりの中、ロウマとドロップは必死に目を凝らす。やがて川の中に、流木にしがみついてかろうじて流されるのをこらえるトトの姿を発見した。

「トト、今助けるから！」と、ロウマは叫ぶ。

トトはしきりに下流の方を見ながら、何か訴えている。視線を追うと、その先にはドドドドド……と地獄の入り口のような轟音《ごうおん》を響かせながら、滝が流れ落ちていた。

「まずいよロウマ、このままじゃトトが」

「何とかしないと――」

ロウマは自分のリュックを放り投げ、トトに近い岸まで近づくと、川に片足を突っこんだ。流れが速くて足がすくわれそうだ。

「ロウマ、これ使えない？」

ドロップがどこからか長い枝を見つけてきた。

ロウマは川をながめた。崖から落ちてきたと思われる大小の岩が、ところどころ川《かわ》面《も》から顔を出していて、トトの手前にも少し大きな岩があった。そこまで行けばどうにかなるかもしれないと、ロウマは枝を手に川の中を進んだ。深さが増すほどに強くなる流れの中を、一歩一歩、ふんばるようにして、何とか目当ての岩に辿《たど》り着いた。

「トト！　これにつかまって」

ロウマは左手で岩にとりついたまま、右手で枝をトトの方へ——。

「だめだ、届かない」

「待ってて、ぼくも行く」

「来るな。ドロップには危ない」

「大丈夫、そこまでは行かないから。いい考えがあるんだ」

ドロップは自分も川に入ると、ロウマより少し手前の岩のところで止まった。そして自分のスポーツバッグの持ち手の片側を握り、もう片側をロウマの方へと差し出した。

「ロープがわりだよ。そっち持って」

ロウマは岩にとりついていた左手をはなし、バッグの持ち手を握った。するとさっきよりもリーチが伸びて、ようやく枝がトトにまで届いた。

今度こそ、トトがしっかりとその枝をつかむ。

「よし、引っ張るぞ！　せーの！」

どぼ————ん!!

ロウマがバランスを崩して川に落ちた。続いて残る二人も芋《いも》づる式に落ち、あっという間に三人まとめて流されていく。

絶体絶命、もはや助かるすべはない。

ロウマは覚悟を決めた。父さん母さんごめん。親不孝な息子でした。どうかユグドラシルを僕の生まれ変わりと思って――、
ドドドドドド……！

「わああああああ――！」

ぼっちゃーん！

「あああああああ――あ？」

ロウマは滝つぼに落ちた。続けて、ぼちゃん！　ぼちゃん！　と、ドロップとトトも落ちてきた。落差およそ三メートル。その勢いのまま、三人はプールのウォータースライダーよろしく次々と三つほど小さな滝を下り、最後はすべり台のようになだらかな滝からまとめてぼちゃんと滝つぼに落ちた。

「…………」

ちゃぷちゃぷ水に浮かぶ三人。

しばしボンヤリ……。

「……ねえ。ここって……」

ロウマが滝を振り返って言う。

見覚えのある光景だった。段々のある、小さなすべり台のような滝。まちがいない。さっき昼食がわりのポテチを食べたところだ。

腹ペコ状態のまま、何時間も歩きまわったあげく、元の場所に戻ってきてしまったのである。

その後、夜露がしのげる程度の岩のくぼみを見つけ、そこで一晩キャンプをすることにした。

ロウマは濡《ぬ》れた服も靴も脱いでパンツ一丁。荷物はトトを助けるときに川岸に放り投げたままなので、明日の朝一番に取りに行くことにした。

ドロップが懐中電灯を持ってきていた。明かりは足りるが、夏でも山の夜はけっこう冷える。焚火《たきび》をしようという話になって、ロウマとドロップはトトの姿が見えないことに気が付いた。

第五章
星降る夜のテントウムシ

トトを捜しにロウマは川岸までやってきた。濡れた服のまま座りこんで、ロウマには気づいていないようだ。

星明かりの下にトトの後ろ姿があった。

「トト、ライター持ってる?」

ロウマが声をかけると、トトはビクッと振り向いた。その手には、ずぶぬれのリュックから取り出した、びしょぬれの、付箋《ふせん》がびっしり貼られた参考書が開いてあった。

一瞬、トトの顔がゆがんだ。だがすぐに怒りの表情に変わり、リュックから出したライターをロウマの足元に投げつけた。

「トト――?!」

「クソ! やっぱ来るんじゃなかった」

トトは立ち上がると、リュックを抱えて歩き出す。

慌てて追いかけるロウマ、

「どこ行くの!」

「知るかよ！　はなせよ！」

聞きつけて来るドロップ、

「トト、どうしたの？　落ち着きなよ、もう暗いんだし――」

「――んだよ！」

感情に任せて、トトはリュックを地面にたたきつけた。

「お前のせいだろ。道もわからないくせにズカズカズカズカ進みやがって！」

「ぼくはただ、進める道があるなら、進もうと思っただけだよ」

「道じゃねえだろ。森だろ！」

「森でもなんでも、道を作ってでも進まなきゃいけないんだよ。じゃなきゃ終わっちゃうだろ！　欲しいものも見つけられないまま、終わりが来ちゃうんだ！」

「ちょっと待って二人とも――」

ロウマの声は二人には届かない。双方とも本気だ。たまりにたまったストレスの導火線に火が付いてしまった。

「どうせもう終わりだよ。お前がしょっぱなからルート外れたせいで」

「いやならトトは来なきゃよかったんだ。最初っからドローン捜すのも文句ばっか言ってさ」

「あーいやだったよ、ドローンなんて知るかっつうの！」

「トトも落ち着いて――」

「友達を助けるためだろ！」

「お前が気安く言うんじゃねえよ。だいたいくだらねえんだよ。ガキみてえな仲間意識もさ。何がドン・グリーズだよ、十六にもなってダッセーんだよ！」

「……………！」

一瞬、ロウマの頭が真っ白になった。

ドローン……仲間意識……ドン・グリーズ……。

ガキみたい……ダッセー……。

頭の中を同じ言葉がグルグル回った。

「ロウマはまだ十五歳だろ！」

「今年十六になるだろが！」

「ぼくもまだ十五だよ！」

「知らねぇよ、お前の誕生日なんか！　見た目からして小学生だよお前は！」

ドロップとトトはつかみあいになり、ロウマがそれを止めに入った。

「二人ともやめて――トト」

「なんだよ！」

「トト。──嫌だったの？」

「なにが！」

「ドン・グリーズ」

「………………！」

トトの手が止まった。

ドロップも、トトをつかんでいた手を下ろした。

「トトは……ダッセーって思ってた？　……高校生にもなって、ダッセーって」

「いや、ロウマのことじゃ──」

「いいんだ。トト」

「………………」

「ちょっと、トイレ行ってくる」

ロウマは森の暗がりへと駆けていく。それを追いかけようとして、ドロップの足が止まった。

今にも泣きそうなトトの顔を見てしまったから。

トイレはもちろん口実だった。とっさにあの場を後にしたものの、あてもなく、かといってすぐ戻ることもできず、仕方なくロウマはリュックを取りに行くことにした。滝に沿って、段々になった岩場を上まで登りきると、赤いリュックがぽつんと岸に放ってあった。まったく、こんなに近い距離をよくもあれだけ遠回りしたものだと、あきれるを通り越して感心してしまう。

ロウマはリュックを腕に抱えて座り込んだ。

「はぁ……」

深いため息をつく。

「ダッセーな……」

口に出して言ってみる。

トトが言うことはもっともだった。高校生にもなって、ドン・グリーズだの秘密基地だの。いや、本当は自分もわかっていたのかもしれない。ただ認めるのが怖かっただけで。

「寒い……」

タオルでもはおろうと、ロウマはリュックを開けて中をさぐった。するとガガー、とラジオのチューナーを合わせるような音が聞こえてきた。

『――ロウマなら心配ないよ』

トトの声だ。

『でも――』

ドロップの声。

『大丈夫、あいつは遠くに行かねえから。いつもそうなんだ。一緒に東京に行こうって誘った時もあったんだけどな――』

トランシーバーだ。リュックに入れてきたことをロウマは思い出した。

トトとドロップはくぼみに戻って焚火をしていた。小枝をくべるトトの横には、濡《ぬ》れた参考書が開いた状態で干してある。

ドロップはトトと炎を挟むようにして、自分のスポーツバッグの隣に腰を下ろしていた。

「なぜロウマは遠くに行かないの？　自分の町が好きだから？」

ドロップはトトに聞く。

「さあ。どうだろうな……」

トトはあいまいに答える。

ドロップのおしりに押されて、スポーツバッグの中のトランシーバーのプレスボタンがONになったのは偶然だった。いや、今にして思うとそれは必然だったのかもしれない。

ドロップとトトの会話を聞きながら、ロウマは膝《ひざ》を抱えていた。

自分の町が好きかって？　そんなことあるわけないし、トトがわからないはずがない。なのにトトは否定しなかった。ロウマは自分が突きはなされていると感じた。

何もしない自分。

一ミリも動かない自分。

僕は一体何を期待してここに来た？　いつもと違う夏の予感？　ワクワクする冒険の旅？　トトにあきれられて当然だ——と、ロウマは苦々しく笑う。

『テストがあるんだ。明日《あした》……』

ふたたびトランシーバーからトトの声が聞こえてきた。

「テスト？」

ドロップは聞き返した。

「そう。その結果で塾のクラス分けをする」

トトが小枝で焚火をつつくと、白い煙がもうもうと上がった。

「間に合うの？　その——」と、ドロップ。

「まあ、無理だな」

「明日の朝一番で帰っても？」

「東京だぜ。間に合うかよ」

トトが皮肉っぽく笑うと、ドロップが怒り出した。

「なんだよ。なんで言わないの、大事な用があるって」

まあまあまあ、と、トトはドロップをなだめるしぐさをする。

「本当は——行きたくなかったのかもしれない、俺」

「テストに？」

「テストも。東京も——」

トトは小枝を脇に置き、まだ濡れている参考書を手に取った。マーカーはにじみ、紙も水分を吸ってヨレヨレ。乾いてももとには戻りそうもない。

「俺さぁ、こう見えて、昔は神童って呼ばれてたんだぜ」

「知ってるよ。ロウマに何度も聞かされた。とてもそうは見えない髪型してるけど。医者になりたいんだろ、すごいじゃん」

「髪型は人のこと言えねえだろ」

トトは少し笑ったが、また目を手元に落とした。

「ところが中学受験で大失敗。仕方なく地元の中学進んで、なんとか高校でリベンジ。けどそれはゴールじゃなかった。当然っちゃ当然だけど――」

煙が目に染みるのか、ドロップはしきりに瞬《まばた》きをする。

「高校に入ってからが地獄だった。一学期の成績なんて目も当てられねえ。お前なら大丈夫、期待してるって親父は言うけど……気付いちゃったんだよな。広い海に出たら、俺なんてミジンコ以下だって」

参考書をタオルでふくトト。そのはじから、水滴がポタポタとページに落ちる。

「小さい頃から、目標に向かってまっしぐらに勉強してきてさ。信じてたんだよ。親父が用意した道を進めば、自分が求めていたものを手に入れられるって。俺に足りないものってなんだろうな？　こんなところで遊んでる場合じゃねえのにさ。全然追いつけねえのに」

「だからって、こんな山の中までそれもってくることないのに……馬鹿だな」

パーカーの袖《そで》で目をぬぐいながらドロップは言う、

「ずっと努力してきたんだろ。いろんなものを犠牲にして。ロウマが言ってたよ、自慢の友達だって」

「…………」

「うらやましいよ。そんな風に言ってもらえるなんて」

「だから裏切れねえんだよ……。ロウマには、こんな姿見せられねえんだよ！」

いつの間にかトトの顔は涙と鼻水でぐしゃぐしゃだった。メガネを外して、シャツの袖で何度ふいてもきりがない。

「……もうわかんねえ。ほんとに医者になりたいのかな……俺……」

膝に頭をうずめてすすり泣くトト。

ドロップが小枝で焚火をつつくと、弱りかけた煙がまた立ちのぼり、トトの姿をカーテンのように隠した。それは好きなだけ泣けるように、というドロップの気遣いだった。

ロウマは静かになったトランシーバーを離し、しばらくボンヤリとしていた。知らなかった。トトがそんなにも苦しんでいたなんて。

トトはいつだって、気弱なロウマを叱咤《しった》激励してくれた。頭が良くて、自信満々で、くだらない嫌がらせもどこ吹く風で——そんなトトを、ずっとかっこいいと思っていた。

トトのこと、全然わかってなかったんだな……。

小さく息をついて、ロウマは夜空をあおぐ。

と——星がひとつ流れた。

「……流れ星？」

と思ったら、また一つ。二つ、三つ——。

そうだった。今夜はペルセウス座流星群。ロウマはトランシーバーのプレスボタンを押して叫ぶ。

「ドロップ！　トト！　聞こえたら返事をして、オーバー！　……だめだ、聞こえないか」

ドロップは懐中電灯を手に立ち上がった。

「ロウマを捜しにいってくるよ。トトはここにいて。暗いから時間かかるかもしれないけど」

トトは涙でぐしゃぐしゃの顔を上げた。

「ドロップ……お前、意外と気遣いの男なんだな……」

「トト……」

「……ごめんな。八つ当たりして」

するとドロップは、にやりと笑った。

「まっさか。その顔サイコー！　ロウマにも見せてやろうっと！」

「なに？——ちょ、待て」

「あははは、トト、慌ててる！　十六にもなってダッセー！」

二人は追いかけっこをして川辺に走り出る。

「お前なぁ、人をからかうのもいいかげんに——」


どっぽーん！

大きな水しぶきが上がった。

ギョッとしてドロップが懐中電灯を向けると、滝つぼから顔を出してプハッ！と水を噴くロウマの姿が浮かび上がった。

「ロウマ？　そこで何してんの？」

ロウマは空を指さして叫ぶ、

「星！　流れ星！」


三人は岩場を登って滝の上流に出た。崖《がけ》にはさまれた地形のおかげで、その一帯だけ木にじゃまされることなく空が開き、満天の星がのぞいている。

その空を、縦横無尽に横切っては消えてゆく、無数の流れ星。

わあ……と歓声を上げたきり、三人はしばし言葉を失う。

ロウマはカメラを取り出し、仰向けに寝転ぶと、夜空に向けてシャッターを切る。

「宇宙がまるごと降ってくる。百万の星だ」と、ドロップ。

「百万なんてもんじゃない。この地球がある天の川銀河だけで、二千億個も星があって、その銀河系自体も宇宙に一千億個ある。まさに、天文学的数字だ」と、トト。

「じゃあ今、ぼくらはそれを見ているの？　天文学的数字の、宇宙いっぱいの星？」

「肉眼で見えるのは、どんなに条件が良くてもせいぜい数千個。俺たちが今見ているこの星空も、宇宙の何千億分の一よりももっと小さい。塵《ちり》の中の星屑《ほしくず》にすぎないんだ」

宇宙を見つめて、トトは静かに、しかし雄弁に語った。

ロウマはシャッターを切る手を止め、その横顔を見つめていた。

「……ごめん、トト」

ロウマは体を起こして言った。

「もう卒業すべきだよね、ドン・グリーズ。……ほら、ドングリのせいくらべって言うけど、なんか今はそれも違うし……」

「ドングリじゃないからな。今更だけど」

と、トト。

「え、違うの?!」

「don't glee《ドント・グリー》……グリーは英語で、歓喜とか大はしゃぎ、って意味だ」

「英語?　ひえー、まだ小学生だったのに……」

「そう。でも間違えてんだよ」

二人と少し離れた岸辺に、トトはごろんと仰向けになって言った。

「グリーは名詞なんだ。名詞の前にドントって、文法的にへんだろ」

「え?……うん、そう……だっけ?」

トトはロウマを見て苦笑し、また空を見つめた。

「俺らいっつも教室の隅で暗い顔してさ。だんまり、小さくなって、ドングリってからかわれてた。笑うな。はしゃぐな。喜ぶな。それが俺らにはお似合いだって」

「それでドン・グリーズにしたの？　相当なひねくれ者だね」

ドロップがあきれたように言う。

「名前だけハッピーにしてもイタいだろ。俺が勝てるのは頭だけだしさ。ねーちゃんの辞書で調べたりして……」

流れ星がまた一つ二つ、夜空をよぎる。

「でもさすがに文法まではわからなかった。要するに小学生のガキが背伸びしてつけた、間違いだらけの名前だよ」

「間違いじゃないと思うよ」

ドロップが言った。

「むしろいいと思うな。だって伝わるもん」

「伝わる――？」

「そう、伝わる。トトの強い気持ちも、一所懸命考えたってことも。ロウマだって、ずっとその名前を大事にしてきたんだろ」

ドロップもまたごろんと仰向けになり、夜空を見つめる。

「ぼくはロウマとトトに出会って、まだ数日しかたってないけど、楽しくてたまらない。今だってワクワクしてるよ。でも二人は、もっともっと長い時間を一緒に過ごしてきたんだろ。うらやましいよ。大好きな友達と生きてきたなんて、それって最高にハッピーなことだよ」

「何その恥ずかしいセリフ」

と、ロウマ。

「お前、実はモテんだろ」

と、トト。

「さあね。もしこっちで高校に行ってたら、二人にみせつけられたかも」

そう言ってドロップはにやりと笑った。

その夜はさながらパーティーだった。

僕らは滝のすべり台を一気に滑り下り（カメラと携帯電話だけは絶対に濡《ぬ》れないよう厳重にビニール袋で密封）、三人でパンツ一丁（ロウマはずっとパンツ一丁）になった。

焚火を囲みながら「どんぐりころころ」を歌い（どんぐりこ、ではなく、どんぶりこ、が正しいとドロップに歌詞の間違いを指摘され、ロウマとトトはショックを受けた）、ばかみたいに写真を撮りまくった。

そしてなんと、缶詰を開けた！

平らでざらついた岩に、ひたすら缶の蓋《ふた》の部分をこすりつけて、薄くなってきたところで思いっきり手で握り、圧力で蓋を吹っ飛ばした（危ないので良い子は絶対にまねをしないように）！

それから僕らは、缶詰と、残り一本のコーラを分け合った。

缶詰は腹ペコの胃にしみた。とても充分な量とは言えなかったけれど、みんな満足した。こんなにうまい缶詰は後にも先にも食べたことがない――そしてもちろん、ぬるいコーラも。

「ロウマ。アプリやめただろ」

眠気に襲われかけたとき、ふいにトトに言われてロウマは少しギクッとした。

先日消去した写真投稿アプリのことだ。トトのフォロワーリストからロウマの名前が消えたので、早速バレたようだ。

「急になんでだろうって思ったけど、今日お前と話しててなんとなくわかったよ。困るんだよな。俺の熱心なフォロワー、ねーちゃんとロウマしかいないからさ」

そう言いながら、トトはロウマのリュックから携帯電話を取り出した。

「やろうぜ、もう一度」

「でも――」

「ほら、俺、黙って出てきたからさ、俺の投稿にコメント残してよ！　ねーちゃんも見てると思うから」

「もしかして、わざと忘れてきたの？　ケータイ」と、ドロップ。

「ん？　へへ……」

「初めて？　逃げたりサボったりしたの」

「まあな。今ごろ家じゃ大騒ぎかも。後が怖いよ」

「初めての反抗期だね。おめでとう！」

「ははは……あ、ロウマは聞き流していいからな」

無線で会話を聞かれていたことを知らないトトは、ロウマの前ではまだかっこつけていたいようだ。

ロウマはトトの差し出した携帯を受け取らなかった。

「いいよ。人に見せるような写真もないし――それにここ、圏外だよ」

「え、そうか？」

トトは立ち上がり、電波を探しはじめる。

「さっきの星空は？」

ドロップはロウマのカメラを手に取り、プレビューを見た。

「おお、星の雨！」

「雨じゃないよ。ブレてそうなったんだ。失敗作だよ」

「なんで失敗なの？　それがいいんじゃない。シャワーみたいな星空がはっきり思い出せる」

「どうかな」

ロウマは苦笑する。

「ロウマ、これは？」

ドロップはまた別の写真を見せる。低い視線から写した青一色のネモフィラ畑。あのときチボリが撮った写真だ。

「それは僕じゃない、浦安さんのだ」と、ロウマ。

「浦安――チボリちゃんか」

「こんなきれいな青、僕には撮れないし」

「チボリちゃんは赤を撮ったんじゃないの？」

「――赤？」

ドロップは画面を指さした。

「ほら。青い世界で光る、赤い流れ星」

ドロップが指で示したのは、飛び立ったばかりのテントウムシが描いた赤い虹《にじ》のような軌跡だった。

ロウマはハッとした。あの日、ロウマは「残念だね」とチボリに言った。テントウムシを写しそこねた失敗作だと思ったのだ。

でも、それは間違いだった。

「写真は、もう二度と訪れない一瞬を永遠にしてくれる。自分が全身で感じた世界が、確かにここにあったってことを」

チボリはそう言ったのに。

ロウマはわかっていなかったのだ――何も。

ぶれたシャワーのような星空も。飛び立ってしまったテントウムシの軌跡も。

このときドロップの目には、どれほどきらめいて映っていたことだろう──。

ふいに、トトが乾かしていた参考書を焚火の中に放り込んだ。

「火、消えそうだったからさ」

トトは言った。

「一度くらい逃げ出したって、もう一度戦えるよな」

ドロップはニコッと目を細めてうなずいた。

「うん。生きてるんだから」

第六章
ハッピー・エンド

灰色の世界が、どこまでも続いていた。

見上げるほど高い、氷の壁にはさまれた道を、ロウマは一人歩いていた。

ひどく寒くて——そして、とても静かだった。はるか上空を飛び回る鳥の、姿は見えないが、甲高い声だけが響いていた。

やがてぼんやりと光が差し、小高い崖《がけ》の上に、赤い格子の電話ボックスがあるのが見えた。

ロウマは夢中で崖を駆け上がった。だが、電話は消えて、なぜか黄色いキックボードがぽつんと置いてあった。

そして、眼下には、真っ赤に煮えたぎるマグマが——。

滝の音がした。

振り向くと、さらに高い崖がそびえていた。

滝は見えない。ただもうもうと立ちのぼる水煙が見える。

そこに黄色いパーカーのドロップがいた。

おーい、とロウマは大きく手を振った。だがその声は届かない。

やがてドロップの姿は消えた。

いつまでも。

どこまでも続く灰色の世界で――。


奇妙な夢を見た。


朝、寒さで目が覚めたロウマは、ドロップの姿がないことに気が付いた。

まだ眠りこけているトトを起こさないように、ロウマはそうっと起き上がり、川岸へと向かった。

ドロップは髪の毛を後ろに束ね、川で顔を洗っていた。

「あ、おはよ」

ドロップが言った。

「おはよ」

と、ロウマ。

「けっこう冷えたね。手、冷たくなっちゃった」

「うん」

ロウマは気になっていた。昨夜見た夢のこと。

悪夢といえばそれまでだが、その一言ではすませられない気がした。ちりばめられたひとつひとつが、あまりにリアルで、こうしている今もそれはざわざわと胸の中で音をたてていた。

冷たい水で顔を洗うと、ドロップがタオルを貸してくれた。

ありがとう、とロウマは言い、ドロップに聞いた。

「ねえ、ドロップはさ……見つけたの？」

「何を？」

「黄金の滝の、電話ボックス」

「見つけたよ」

一瞬の沈黙のあと、ドロップはさらりと言った。

トトが、ねみー、と、寝ぐせだらけの頭で目をこすりながら起きてきた。ドロップは笑ってトトにもタオルを手渡し、岩の上に腰かけて二人に話の続きをした。

「電話ボックスを見つけて、ぼくは日本にもどることに決めたんだ。もちろん、日本にもどったって、いまさら高校にも通えないし、ひとりぼっちになって、肝心の宝物が手に入る保証もなかったけど……。でも、目が覚めたんだ。最後になにかやってみせないと、この世になんの足跡も残せないって」

最初はよくわからなかった。ドロップが、いったい何の話をしたいのか。

でもふりかえってみれば、ドロップはたびたび僕らにヒントを出していた。

——いつか見てろって思ってても、そのいつかなんて来るかどうかも分からないんだ。

——ぼくの最後の冒険、見届けてもらわないとね。

「たとえ打つ手がないと言われても、ハッピーエンドをあきらめる必要なんてないだろ？」

ずっとひっかかっていた。

けど、何となく聞き流して、僕らはその言葉にこめられた意味を追いかけようとしなかった。

ドロップは、自分の命の話をしていたのに。

「もしも明日《あした》、世界が終わってしまうとしても、後悔だけはしたくないなって思ったんだよ」

それがもう、あとわずかしか残されていないのだと——。


まだ朝早いうちに、三人は滝のある川辺を後にした。

ロウマのスマホには新たにダウンロードしたGPSアプリ。昨夜トトがキャンプ周辺を歩き回って、かろうじて電波が拾えるところを見つけたのだ。

アプリを開くと、現在地からドローンまでの道筋がはっきり示されている。川辺からそう遠くないところに県道が通っており、それに沿っていけば到達できそうだった。

「すごいね！　これならすぐ見つかるよ」

と、ドロップは言った。

ドロップは饒舌《じょうぜつ》だった。つい今しがた、自分の命の期限について話したようにはとても見えない。あれは天気の話だったのか？　と思うくらい、ドロップは明るかった。

それはロウマを混乱させた。身近な誰かがそんなことになるなんて、ただでさえ想定外なのに、目の前のドロップは元気いっぱいで、あとわずかの命にはとても見えないし、どう受け止めたら良いのかわからなかった。

しかしトトの反応は違った。父親が医者という職業柄、人の命が身近なものだったからかもしれない。

トトは少しずつ、現実を受け入れようとしていた。

「滝のふもとの電話ボックスねえ——」

県道に続くなだらかな山道を歩きながらトトは言った。

「本当に見つけたの？　地図にもない幻の滝だろ。やたらにキックボードで駆け回って、探し当てられるもんかね？」

「本当だよ。別に信じなくてもいいけど」と、ドロップ。

「で？　その電話ボックスが、お前は日本に行け～って？」

「日本に行け」というところを、トトは妖怪《ようかい》じみた声で言った。

「うーん、ちょっと違う。これぱっかりは経験者でないと」

「家族は反対しなかったの？」

「本当の身内といえるのはアイスランドのおじいちゃんだけだよ。それまではいろんな親戚《しんせき》のところを転々としてた」

「そりゃあ……大変だな」

「そうでもないよ。おかげでぼくも色々と身についたしね」

「人をふりまわす方法とかな」

トトが少し意地悪く言うと、ドロップは軽く肩をすくめる。

二人から遅れて歩きながら、ロウマは今朝の夢を思い出していた。

灰色の谷。

ボロボロのキックボード。

夢の中で、ドロップは後ろ姿だった。ずぶ濡《ぬ》れで、顔は見えなくても、なぜか泣いているとわかった。

そういえば手に何か持っていた。折りたたんだどこかの地図と、何かのパステル画
――？

「んじゃ、髪の毛は寄付するために伸ばしてんの？」と、トト。

「そう、ヘアドネーション。せっかくまた生えてきたから。トトに貸した金髪は本物の髪の毛じゃなかったけどね」

ふいにドロップが振り向いた。

「ロウマ」

「えっ……」

「ドローンは県道七一号線の先なんだよね。あの橋を左？」

「あ、うん——」

とっさにロウマは目を逸《そ》らした。どんな顔をすればいいかわからなかった。

一瞬、ドロップの瞳《ひとみ》が陰った。

——ごめん。

「えっ……？」

聞き違いかもしれない。お先に！　と何事もなかった顔をしてドロップは駆けだしたから。

置いてけぼりにされたトトが、やれやれと頭をかいた。

「おっそろしくボロい橋だけど大丈夫かね？　あいつに船頭まかせると、また俺たち遭難するぞ」

「トト――」

「ん？」

「今すぐ帰ろう。ドロップの体が心配だよ。ドローンはあとで二人で捜せばいい」

「ロウマ。ドロップの話聞いてた？」

「え……」

「あいつはとにかくあきらめたくないんだよ。素直にじゃあ帰ろう、なんて言うわけないだろ」

「…………」

「今まで無茶ばっかしてたのも、どうしてもやり遂げたいことがあるからだ。人生が終わってしまう前にさ」

人生が終わる。

それは死だ。

ロウマは言った。

「ドロップは何を聞いたのかな。電話ボックスで。……ドロップは何をそんな必死に探しているのかな」

「もしも明日、世界が終わってしまうとしても」

と、トト、

「――って、ドロップにとっては全然もしもじゃない。目の前の現実なんだよ。そんな思いを抱えて、すがるみたいに見つけた電話ボックスだぜ」

「…………」

「俺らにはわかんねえよ。だって俺らの未来は、何にも閉ざされてねえんだもん」

おっそろしくボロい橋を渡ると、ドロップはスポーツバッグから取り出したキックボードを組み立て終えたところだった。

バッグを背負い、ドロップは待ちかねたように言う。

「七一号線。ドローンがぼくらを待ってる。行こう！」

「いや、でも」と、ロウマ。

目の前には「県道71」の立て札。確かにこれは目指したルートで、追跡アプリはこの先にドローンがあることを示している。しかし立て札は錆《さ》びついてツタが絡まり、アスファルトの道路はひび割れ、葉や小枝が散乱して、使われている気配がない。

しかしドロップには、そんなのは目に入らないようだった。

「最初に見つけた人が勝ち。負けた二人はコーラおごりね！」

言うや否や、ドロップはキックボードを強く蹴《け》り出した。

「おい――ズリィぞ！」

トトがダッシュで走り出した。

「え、待って！」

ロウマも慌てて追いかける。

「ヤッホ――――！」

ドロップは落ちている岩や枝をよけながら下り坂をどんどん加速する。

「なんだよあれ、元気良すぎだろ?!」と、トト。

「まだ十五歳だしさ、治るよね？」と、ロウマ。

「まだ十五歳だから、多少の体調不良くらいどうってことないんだよ。だからギリギリまで気づかない。元気な十五歳だからこうなったんだ！」

どんどん小さくなるドロップの後ろ姿を、僕らは必死に追いかけた。

もし一度でも見失えば、二度と見つからない気がした。

足では追いつけないと気づいた二人は、道のわきに打ち捨てられていた荷物運搬用の手押し車を起こして、決死の覚悟で乗り込んだ。前にロウマが乗って方向を指示し、後ろのトトが片足で地面を蹴って舵《かじ》をとる。

追いかけながら僕らは祈った。
ドロップが転ばないように。
ドロップの病気が治るように。
ドロップの宝物が見つかるように。

暗く長いトンネルの中でくりひろげられるデッドヒート。
やがて向こうに、針の先ほどの小さな光が見えてくる。
三人は光に向かって走る。その先に何があるかもわからないまま。
光は突然広がって真っ白に輝きはじめる。
外だ。三人は、太陽に向かってまっしぐら――。

「うわあああああああっ」

ドサドサドサッ！

次々と草地に投げ出された。

いってぇ……とロウマはうめき声をあげる。寝ころんだままトンネルを見ると、出口の前を太い倒木がふさいでいる。スピードを上げたままそいつに突っこみ、躓《つまず》くようにして全員が吹っ飛ばされたのだ。

ロウマははっと我に返り、二人に声をかけた。

「……ドロップ、トト、大丈夫?!」

「……ひでえめにあった……」と、トト。

「こっちもなんとか……」と、ドロップ。

ドロップはゆっくりと体を起こし、すりむいた額を手でさする。

そして目の前に広がる光景に、言葉を失った。


湖だ。

山あいをかすかに吹く風が、水面を静かに波立たせ、照りつける太陽の光をキラキラと反射する。その湖面に向かって、三人の進んできた県道七一号線はまっすぐ進入し——完全に、水没していた。

「……うそだろ」

と、トト。

「ダム湖だったんだ……」

と、ロウマ。

ロウマはアプリを見た。再び圏外になり、ドローンのありかはわからなくなっていた。


僕らが目指した七一号線の先は、まるで世界の終わりにぷっつりと閉ざされたみたいだった。

ハッピーエンドなどあきらめろと、世界に言われたような気がした。

ささやかな抵抗として、僕らはそこに居座った。——というのは嘘で、実際は、疲れと、目標をふいになくした喪失感で、動くことができなかった。

ドロップはずっと抱えた膝《ひざ》に顔をうずめていた。かける言葉がみつからなくて、僕らはときおり湖に石を投げこんだりしながら、お互いに、何か言い出してくれるのを待っていた。

その雰囲気を察したのだと思う。沈黙を破ったのは、ドロップだった。

「……二人に無茶なことさせた」

ドロップが言った。

「気にすんなよ。けっこうおもしろかったし。な」

と、トト。

「うん。お金ならまた畑仕事して貯めるよ」

と、ロウマ。

「……ぼくが巻きこんだ。だけどこんなつもりじゃ……」

「ドロップ、ちがうよ」と、トト。

「……日本に来なければよかった。ロウマともトトとも出会わないで、何も知らない他人でいれば……そしたら……何も知らない他人のまま、何も気にせず別れられたのに……！」

「……ごめん」

ドロップは泣いていた。

ふいに、ロウマの中に怒りがこみあげた。なんなんだこれは？　でもその正体はわからなかった。

「帰ろう――」

ロウマはつぶやいて、乱暴に立ち上がった。

「……ごめん、ロウマ、ごめん……！」

「謝るなよ……なんでドロップが謝るんだよ。意味わかんないよ！」

ロウマは声を荒らげた。

「赤の他人のままなんていやだし、そんなの今更だし。トトの弱音を聞いてはげましてやれるのもドロップだけだし。僕をトンネルの向こうに連れ出して、色んな景色を見せてくれたのもドロップだし。

ドロップと出会ってここまで来たことを、僕は何一つ後悔してないよ。そんなふうに謝られたら、まるで僕らが不幸な出会いをしたみたいじゃないか。僕らはもうとっくに三人なのに！」

堰《せき》を切ったように、ロウマから言葉があふれ出す。

「絶対に後悔したくないって言ってる奴が、真っ先に後悔するなよ。さんざん一緒に走ってきたのに、今更僕らを突き放すようなまねはするなよ。ドロップの宝探しを見届けてやれるのは、僕らだけなんだ。僕とトトが十五歳最後の勇姿を見届けてやる。だから今更あきらめるな!」


このとき、ロウマはすっかり忘れていた。

以前に同じことを、ロウマもトトから言われていたことを。

そしてドロップは思い出していたはずだ。

黄金の滝のふもとで、赤い電話ボックスから聞こえてきたベルの音を——。


帰ろう、とロウマがもう一度言い、ドロップは涙をふいてのろのろと立ち上がった。

でもその表情からは、ドロップが何を思っていたのか、うかがうことはできなかった。

ロウマも少し冷静になって考えた。

さっきの怒りは自分に向けたものだった気がする。ドロップにあんなことを言わせてしまった自分への怒りだ。

何もかも気に入らなかった。そんな中で、ドロップに告げられた理不尽な運命も、行《ゆ》く先々で躓《つまず》く自分たちの道のりも。三人で過ごしたこれまでの時間を、ドロップにだけは否定させたくなかったのだ。

だけどドロップの苦しみを、自分も本当に共有できたかと問われればその自信はない。それはトトについても同じことだ。トトの本当の苦しみを、ロウマは何年も一緒にいながら、全く気付くことができなかった。

しょせん人は、自分以外の誰かを完全に理解することなどできないのかもしれない。

でも、だからこそ――ロウマはドロップに寄り添いたかった。

知りたかった。ドロップがあんなに一所懸命になって探しているもの。電話ボックスがドロップに告げた宝物――それが、何なのかを。


そのときだった。

強い反射光が、帰ろうとしていたドロップの目を刺した。

「……?!」

湖面のゆらゆらとした反射とは、あきらかに違う光だった。ドロップは荷物を置くと、その強い光をさかのぼるように、しげみの中をかきわけて歩いていく。

「ドロップ――?」

ロウマとトトはハッとした。ドロップのその足取りは、なにか力を取り戻したかのように見えた。

二人は後を追った。ときどきよろめきながらも、導かれるように一歩一歩前に踏み出すドロップ。やがていくらか開けた場所に出ると、打ち捨てられて錆《さ》びた車が見えた。光を反射していたのはそのミラーだ。

その車の少し先に、ドロップはこちらに背中を向けて立っていた。

「ドロップ！」

トトが呼んだ。

するとドロップはゆっくりと振り向き、ニカッと笑う。高々と上げたその両手の中には、プロペラの折れ曲がった赤いドローンがあった。

僕らは駆けだし、次々とドロップにとびついた。勢いあまって地面に倒れ、草の上に寝転がったまま三人で大笑いをした。

ロウマはドロップの笑顔をカメラに収めた。ドロップが全力で生きている、この瞬間をしっかりと焼き付けたかった。

そう、どうだっていいんだ。

たとえ人が、他の誰かを100％理解することができなくて、ドロップの探す宝物が何だかわからなくても。

僕らはドロップの宝物になりたかった。

それだけで充分なのだ。


帰り道は、ずっとなだらかな一本道だった。

僕らは置いてきた自転車を拾い、夕日の中を三人で走った。

もしあのとき、道に迷っていなかったら、僕らはどれほど早く簡単に目的を達成できただろう？

そして二日もかけてようやく持ち帰ったドローンには、僕らの潔白を証明するような映像なんて、これっぽっちも映っていなかった。

三人は基地で回収した映像を見た。

フラフラと風で河原まで飛んだドローンは、花火大会をど真ん中からしっかりと撮影していた。

目の前で炸裂《さくれつ》する打ち上げ花火。ひとつが落ちても次々とまた花火が打ち上がる。

その遥《はる》か下に、小さな光が身を寄せあうように集まっている。

「もしかして……このちっさい点々みたいなのが、僕らの町？」

ロウマが言った。

「……ぽいな」

と、トト。

「こんなに小さいんだ……この町……」

「……なあ、ロウマ。知ってたか？」

「何を？」

「あの辺の山、クマなんか住んでないんだってさ」

「え？　でも、いたよ」

「けどネットにはそう書いてある」

「クマの写真、撮ればよかったね」

ドロップが残念そうに言った。

「上手《うま》くいかないもんだね」

ロウマは肩をすくめて笑った。

大きく回り道をしながら、僕らは確かにクマを見た。このことはきっと、あの道を歩いた僕らしか知らない。

やがてドローンは花火を見下ろしながら、雲の海を突き抜け、どこまでもどこまでも高く遠く飛んで――映像はそこで終わった。


「ま、いっか。カンパーイ！」

両手に一本ずつ持ったコーラを、ロウマとトトの額にぶつけて、ドロップはごきげんな乾杯をした。

「チクショー、次はドロップに奢《おご》らせてやる。見てろよ」

トトは額をさすりながら悔しそうに言った。

「おっけー。また勝負しよう！」

ドロップはニカッと笑った。

秋の気配を感じさせる、穏やかな夏の日だった。

第七章
ドロップからの挑戦状

一体あの騒ぎはなんだったのかと思うほど、山火事のネタはあっという間にクラスのSNSから消え去った。東京に戻ったトトによると、地方の山火事のことなど口の端にものぼらないらしい。もちろん、ロウマたちの家に警察官が訪ねて来ることもなかった。

ロウマは写真投稿アプリを再開した。星空の写真を数枚ひっそりとアップし、トトのほかは特に反応はなかった。

ドロップは突然姿を見せなくなった。ドローンを取り戻してわずか数日後のことだ。

そして思い知らされたのは、ドロップについて、二人が何一つ知らないということ。身を寄せている親戚《しんせき》の名前も、住所も、電話番号も。医師であるトトの父親がある程度のことは知っているが、職業上の守秘義務があり、よほどのことがない限りトトでも教えてもらえない。

唯一、ロウマのもとに残されたトランシーバーだけがドロップと二人をつなぐものだったが、それもずっとだんまりを続けていた。

九月を迎え、新学期が始まった。

教室では、あえてロウマに話しかけようとする者はなく、ケンジとツヨシは暇になるとロウマをからかった。要するに何も変わらぬ日々。

ただ一つちがっていたのは、ロウマの目が、うっとうしく伸びた前髪にかくれてほとんど見えなくなっていることだった。


今日もロウマは一人で秘密基地にやってきた。

入り口の布をまくるたびに、ドロップがいるんじゃないかと期待してしまう。それでなくても、ひぐらしの声の響く基地はどこか寂しい気がする。

ロウマは机の一番上のひきだしを開ける。ドロップが「宝物」をためていたひきだしだ。中にあるのは、焼き菓子を包んでいた黄色い紙や、ドローン捜しの冒険の地図、そして最後に二人がおごったコーラの空ボトルが二本。

ロウマはそこに写真の入った封筒を入れ、トランシーバーのプレスボタンを押した。

「こちらロウマ。ドロップ、聞こえるか？　オーバー」

「………」

「写真をプリントアウトした。都合のいい場所を教えてくれたら届けに行くよ。オーバー」

「………」

返事はなかった。

ロウマはため息をつき、そしてもう一度だけ呼びかけた。

「……がんばれよ、オーバー」

ロウマの髪は伸び続けた。それはそのままドロップから便りのない時間を示していた。

冬になったある日、ロウマが前髪をちょんまげ結びにして登校すると、みなが指をさして笑った。恥ずかしくて、ロウマは背中を丸めて席に着き、携帯電話を取り出した。

「………？」

写真投稿アプリにダイレクトメッセージが届いている。

『TIVOLI Urayasu さんがメッセージを送信する許可を求めています』


どきん、と心臓が鳴った。

――浦安さん？

なぜ今更自分なんかに？

戸惑いながら「承認」を押す。

そのとたん、真っ青な画像が目に飛び込んできた。

「…………！」


それはあの、ネモフィラ畑の写真だった。

よく見ると、青い花畑の中に、ポツンと赤い点がひとつ。赤いパーカー姿のロウマだ。あの日は早朝に農作業を手伝って学校指定のジャージを汚してしまい、仕方なく私服のパーカーを着て参加したことを思い出した。

四角い画面の中で、ロウマは青い色にうずもれながら、夢中になって花の写真を撮っている。

いつの間に写したんだろう、こんなとこ――？

画像にはチボリのコメントが付いている。

『青一色に染まった世界の中では、小さな赤こそが主役になれる。これもそんな気付きを与えてくれた一枚。ありがとう』

一方通行じゃなかった。

もちろん、ロウマがチボリに寄せていた思いとは違うものだ。

しかしチボリもロウマを見てくれていた。そして、ロウマがそうと気付かないまま失われていた大切な瞬間を、チボリはとどめてくれていた。

ロウマの心がふるえた。

携帯電話から顔を上げると、クラスメイトたちがこちらを見て、ちょんまげをからかうようなしぐさをしていた。

だけどもう、恥ずかしい気持ちはない。この髪の毛は自分とトトの誓いだ。

再びドロップの笑顔に会うための。


そう、僕らはどこかで信じていた。

僕らのあの夏は、永遠に続くような気がしたから。

よほどのことなんて起きやしない。

必ずまた、三人笑顔で会えるのだと。


『落ち着けロウマ。俺も今向かってるから待ってろ』

電話の向こうでトトはそう言ったが、ロウマは一人自転車を飛ばした。

寒い冬の夜だった。厚い雲がたれこめて、星の一つも見えなかった。


ドロップが死んだ。


冗談に決まってる。

トトとドロップの二人がぐるになって、僕をだまそうとしているんだ。今ごろ基地では、ドロップがわくわくしながら、まぬけな顔で僕がとびこんでくるのを待っているにちがいない。

基地に着くと、ロウマは思いっきり入り口の布をまくりあげた。

だが、ドロップの姿はない。

「――――?」

机に何か置いてある。

未開栓のコーラが二本。

その横に、コーラのラベルが机に貼りつけてある。そこには黒マジックで、のたくったような文字のメッセージがあった。

「ありがとう♢」

ドロップが来たんだ。ここに――。

「なんで……」

にわかに悲しみと、とてつもない怒りがロウマの中にこみ上げた。

なんでドロップが死なないといけないんだ。

まだ十五歳なのに。

ずっと一人ぼっちで、苦労して、つらい思いをしてきたのに。

誰よりも生きることに向き合い、生きることを楽しんでいたのに。

自分は見ていない。ドロップが死ぬところなんて、見ていない。

だから信じない。あんなに元気だったドロップが、もうこの世界にいないなんて。

そんなの、嘘に決まってる——！

ロウマは壁にかけてある時計をもぎ取り、投げつけた。壁の布を引き裂き、トタン板をはぎとり、扇風機や積み上げた漫画をなぎ倒した。

嘘だ。嘘だ嘘だ嘘だ嘘だ嘘だ。

認めたくなかった。ドロップが死んだという事実を。ドロップのいない世界を。それを止めたのはトトだった。基地にかけつけて、暴れるロウマを羽交い締めにした。

二人は何も言わなかった。ただ、抱き合って、尽きるまで涙を流した。


基地はもともと老朽化が進み、先日の雪がそれに追い打ちをかけていた。

僕らは修繕することよりも、壊すことを選んだ。

小学三年のとき最初にドン・グリーズの看板をかかげてから、大切に手入れし増築してきた柱や布やもろもろを、今また自分たちの手で外していく。建てるのは大変だが、壊すのは簡単だ。ドン・グリーズの秘密基地は、ほんの数時間で一山のゴミと化した。

僕らはバーナーのようなライターでそのゴミに火をつけた。乾いた材木に移った炎はあっという間に燃え上がり、看板が炭になるまでに、それほど時間はかからなかった。

長い間、ロウマとトトは座ってその火を見つめていた。二人の手にはドロップの置いていったコーラがあった。トトはロウマと同じように髪を伸ばし、頭の後ろに小さなポニーテールを作っていた。

「……つらかったかな、ドロップ」

ロウマは言った。

「つらかったよね、きっと。……見守ってくれる人いたのかな。最後まで連絡くれなかったけど、たぶん僕らに心配をかけたくなかったんだよね」

すると、トトがつぶやく。

「……悪あがきひとつできねぇ」

「……悪あがき?」

「どうしても失いたくないものが、誰かの命だったらさ。医者にでもなんなきゃ、ホントなんもできねぇんだーって……」

「…………」

「ずーっと生きていてほしい。あいつ、そう思ったんじゃないか」

「え？」

「俺らの中のドロップにさ。だから急に姿を消したんだ」

「…………」

「くそ。なんであいつが奢《おご》るんだよ！　約束の勝負もしてねえのに……」

そう言って、トトはコーラのボトルをにぎりしめた。

炎を見つめながら、二人はしばらく黙ってコーラを飲んだ。

半分ほどを飲んだところで、ロウマは自分のペットボトルに黒マジックで何か書いてあることに気が付いた。

「トト。これ、なんだと思う？」

「え――？」

見ると、トトのボトルにも書いてある。コーラの色が邪魔してよく見えないが、ロウマのとはちがう図形のようなものだ。

二人は急いで残りを飲み干して確かめた。

ロウマのボトルには、二つの星印と、「ここを合わせる」と指示のついた小さな点。

トトのボトルには、大きなミジンコのような図形と、同じく「ここを合わせる」と指示された小さな点。

「待て。この形、俺は知ってるぞ……」

トトは両手にボトルを持つと、指示通り二つの点を合わせた。すると、トトのボトルの巨大なミジンコの中に、ロウマのボトルの二つの星がぴったり一つに重なるポイントが見つかった。

「やっぱり……アイスランドだ！」

トトが叫んだ。

「アイスランド？」

「間違いない。この形はアイスランドの国土だ。そんでこの星は宝だよ。アイスランドの宝の地図！」

「ええっ……？」

「他に何か手がかりはないのか？」

ロウマは「ドロップの宝物入れ」のひきだしをさぐった。どうしてもこれだけは燃やすことができなかったのだ。すると、さっきは気づかなかったが、一番底に折りたたんだ紙が二枚重なって入っていた。

一枚目はパステル画。画用紙に、黄金の滝と虹《にじ》、そして赤い電話ボックスが描かれている。もう一枚はアイスランドの地図。ペットボトルで星が一致したのと同じエリアが黒いマジックで囲まれている。

どちらも、一度濡《ぬ》れたものを乾かしたようにヨレていた。

「じゃ、この星が……このエリアが……電話ボックスのある場所……？」

と、ロウマ。

「にしたって……大雑把すぎんだろ」

と、トト。

ロウマは自分でも確認するように、ペットボトルを合わせてみた。すると、二つの星が一つに重なる瞬間、古道具屋でドローンを見つけたときのように、心が高鳴るのをはっきりと感じた。

まったく、ドロップには驚かされてばかりだ。まさか自分がいなくなった後の、新たな冒険を僕らに用意していたなんて！

ここに行けば、ドロップが見たという黄金の滝がある。

ドロップに宝物のことを教えた、赤い電話ボックスも。

そんな挑戦をつきつけられたら、受けないわけにいかないだろう？

おかげで僕らは、悲しみに打ちひしがれたり、自暴自棄になったりする危機から脱出することができたが、きっとドロップはそこまで考えて、僕らにプレゼントを用意してくれたんだと今になって思う。


さっそく二人は宝探しに向けて動き出した。

しかし近所の山に冒険に行くのとはわけが違う。入念な計画と下準備、そしてなにより先立つもの——資金が必要だ。

ロウマは親と交渉し、時給を上げてもらうかわりに堆肥《たいひ》作りの作業にしっかりかかわることにした。そしてまとまった休みには、アルバイトに長野のおじさんの会社でユグドラシル（本当に名付けた！）作りを手伝った。

おじさんはなかなかのチャレンジャーで、ロウマが調子に乗って作ってみたユグドラシルカレーを商品化し、道の駅に置いてもらったところ、ご当地カレーとして大評判！　おかげで予定よりだいぶ早く目標金額に達した。

トトはあらためて医者になることを決意。勉強に身を入れるため、将来必ず返す約束で親から前借りすることになった。

調べてみて、日本からアイスランドへの直行便はないことを知った。最短でもロンドン、コペンハーゲン、ヘルシンキなどヨーロッパのどこかで乗り換えなければならない——その前にまず、この田舎町から最寄りの国際空港まで大移動しなければならないのだが。そして、どの航空会社を使い、どこで乗り換えるかで料金もかなり変わってくる。

二人は大きな世界地図を買い、ロウマの部屋の壁に貼った。すると今まで遠くて手が届かないと思っていた世界が、にわかに近づいた気がした。あと、これは小さな発見だが、ドロップの言った通り、アイスランドとアイルランドは飛行機でひとっとびの距離だった。

そして、高三の夏。

ヘアドネーションをすませ、さっぱりと短髪になったロウマとトトは、いよいよ出発のときを迎えた。

早朝、いつもの森の入り口で待ち合わせた二人は、大きなリュックを背負い自転車で空港へと向かった。タクシーやバスを使ったほうがだんぜん楽だが、少しでも節約したかったし、それに冒険の始まりは自転車でと決めていた（さすがにトトも、東京から自分の自転車を持ってきていた）。

途中、まだ明けきらない色の空を、一機のジャンボジェットが機首を高く上げて飛んでいくのが見えた。

さあ、いよいよだ。

日本からヘルシンキを経由してケプラヴィーク国際空港へ。アイスランドの土を踏むまで、およそあと二十時間！

第八章

グッバイ、ドン・グリーズ

「うわー。さみー。くらー」

「しかも雨だー」

空港から一歩足を踏み出すや、そこはどんよりと暗い灰色の世界だった。

気温は十三度。日本だと冬の一歩手前くらいの肌寒さだが、こちらでは夏のほぼ平均気温である。

ケプラヴィークは、アイスランドの首都レイキャビクから海沿いにおよそ五十キロ。おもちゃのような街並と、ブルーラグーンという世界最大の露天風呂《ろてんぶろ》がある。氷の国《アイスランド》の露天風呂ときけば意外な感じもするが、実際、世界的に有名な火山国だ。この冷たい土の下では、今もマントルが真っ赤に煮えたぎり、それが地表に湧き出して、絶えず大地を生み出し続けている。

だが二人が向かったのは、街でも、ましてや温泉でもなかった。空港から乗り合いバスを三つ乗り継ぎ、終点の小さな町で一泊。翌日、その宿の主人にトラックに乗せてもらい、大草原のど真ん中で降ろしてもらった。

「なにか間違えてない？　こんなとこ羊飼いしか来ないよ」

と、荷台から二人の自転車を降ろしながら、なまりの強い英語で主人は言った。

二人はあたりを見回した。

なんにもない。

見渡す限り草・草・草。

そしてうっすら遠目に岩の壁。

正直かなり不安になった。しかし、ここはドロップが地図で示したエリアだ。もうここまで来たら、やつを信じるしかない。

「ノープロブレム！」

二人で声をそろえて言うと、主人は肩をすくめて、車で走り去った。


荒涼とした大地をつっきって、僕らはひたすらペダルをこいだ。

夏のアイスランドは夜が短い。おおよそ夜の十一時に日が沈むと、僕らは草地に張ったテントの寝袋に潜りこみ、翌朝、四時の日の出とともに起きて、五時にはもう走り出す。

時々車とすれちがい、時々羊の群れと遭遇する。そして時々、羊が通り過ぎるのを自転車を止めて待つ。

アイスランドは森がないとは聞いていたけれど、僕らの旅したエリアは本当に木の一本も見あたらなかった。もともとは緑豊かな土地だったが、移住してきたバイキングが家や船をつくるために、樹木という樹木を伐採してしまったそうだ。

こんなにも広く、そして寂しい大地を、ドロップは十五歳で、たった一人、キックボードで駆け抜けた。

そうして絶望の果てに行きついた、幻の滝。

「あたり一面岩だらけで、木なんて一本もなくて——巨大な壁みたいな岩から、ドォー！　って水煙を上げて水が落ちてくるんだ。ぶあつい カーテンみたいに」

一体、どこにあるのだろう？

それらしい地形を見つけるたびに、僕らは自転車を降りて探索をした。しかし幻の滝はそうそう簡単には現れてはくれなかった。

目の前の風景にシャッターを押してから、ロウマは不思議そうに液晶画面を確認した。

「……なんだこれ？」

「どうした？」

聞きつけたトトも液晶画面を見る。

一面緑に覆われた谷を写した写真だ。よく見ると、その中腹にポッンと小さな赤い色がある。

「………？」

ロウマはズームしてみた。赤いものには屋根があり、小さな小屋のようにも見える。

「もしかして……?!」

二人は急いで谷をおりて、その赤い小屋に向かった。しかしそれは電話ボックスではなく、赤のペンキで塗られた旧式のコーラの自動販売機だった。

「なんでこんなところに……」と、ロウマ。

「羊飼いも飲むんだろう。なんかシュールだな」と、トト。

せっかくなので二人はコーラを買うことにした。

ダメもとでコインを入れる。アイスランドを含む北欧はキャッシュレス先進国で、日常生活では現金を使用する機会はほぼないのだ。果たしてゴトン、と音がして、無事ペットボトルのコーラが落ちてきた。

二人は座ってのんびりコーラを飲んだ。

「宝を見つけたら、帰りアイルランドに寄れば？」

　ふいにトトが言った。

「え？　な、なんで」

　ロウマはむせそうになった。

「せっかく近いんだから行ってこいよ。写真アプリもフォローしてるんだしさ。それともまたビビりの虫か？」

「まぁ、まずは宝を見つけようよ」

　ロウマは苦笑いする。

　谷底には川が流れているようだった。ようだった、というのは、深くて入りくんだ地形のため、底まで見下ろすことはできないが、ゴウゴウと川の音がするからだ。川があるなら滝もあるかもしれない。少し危険な感じもするが、途中で引き返すことも念頭に置いて、二人は谷をおりてみることにした。

　そこは地上の大地とはまったくの別世界だった。

　谷は大地にするどく切り込まれたように細く深く、太陽の光は、一番底まで直接には届かない。そのため、地上では見なかった種類の湿った苔《こけ》が、地面から岩壁までびっしりと覆いつくしていた。

ロウマは写真を撮りながら、トトに言った。

「いまニューヨークだって」

「え？」

「浦安さんだよ。もうアイルランドにはいないんだ。こないだブロードウェーで撮った自撮りをアップしてた」

「まじか。アイルランドとニューヨークなんて地図の端から端じゃん。すげえな……」

二人は川に沿って岩場を進んだ。

アイスランドの夏は一日のほとんどが昼なので、時間感覚が狂ってしまう。トトが腕時計を見ると、もう午後の九時を過ぎていた。

「どうする。戻るか、暗くなる前に」

と、トト。

そうだね、とロウマも同意する。が、

「……待って」

かすかに地鳴りのような響きを感じる。

そして甲高い鳥の鳴き声——いつかの夢で見た、あの鳥の声だ。夢の中で、ロウマはその声に導かれるようにして、黄金の滝に辿《たど》り着いたのだった。

ロウマは再び歩き出す。

「おい、ロウマ――」

確信めいたロウマの足取りに、トトも黙ってついていく。

川はすでに足元よりかなり下方を流れ、二人が歩いているのは苔むした岩場だ。もし足を滑らせでもしたら完全に命はない。

ふいに、その足元の苔が水気を含み、ドドドドド……と、地鳴りがいちだんと大きく聞こえてきた。

「近いな」

「うん――あ」

初めて鳥の姿が見えた。名前はわからないが、白く長い翼でゆうゆうと宙を舞う姿は、カモメに似ている。

鳥は鳴きながら、上の方にある、光のさす岩の切れ間へと吸い込まれていく。二人も追いかけて岩肌をよじ登った。そして登り切ったところで、突然の強い夕日に射られて目をつぶった。それからゆっくりと、慣らすようにまぶたを開け、目の前に現れた光景をあっと息をのんで見上げた。

瀑布《ばくふ》——。

「巨大な壁みたいな岩から、ドォー！　って水煙を上げて水が落ちてくるんだ。ぶあついカーテンみたいに」

ドロップはそう言っていた。

すごい滝なんだろうな、と思っていた。

だが実物は、はるかに想像を絶していた。

まるで大きな白い布を垂らしたように、水は光のさす天井から流れ落ち、光の届かない下方へと消えていく。

あまりの深さに、二人の場所から滝つぼは確認できず、ただ耳を塞ぐような轟音《ごうおん》だけが響いてくる。

放出される大量の水はしぶきとなり、はなれて見ているロウマたちをもずぶぬれにする。そうして空中に飛散した水滴が、天然のレンズの役割を果たして、谷間に大きな虹《にじ》の橋をかける。

滝は黄金に輝いている。

この壮大なパノラマのすべてが、まもなく沈もうとするアイスランドの夕日に光り輝いている。

まさに奇跡の光景だった。これが見られるのは、おそらく限られた季節の、限られた時間帯だけだ。今、この場所に、偶然にも二人が辿り着いたのは、何かに導かれたとしか言いようがなかった。

僕らは、これ以上は無理というギリギリのところまで下りて、滝に近づいた。

全身から水を滴らせながら、ずっと滝を見上げていた。

これかな？　ドロップの言ってた黄金の滝……。

これだな。ドロップの言ってた黄金の滝……。

でかすぎるよ。

でかすぎるな。

こんなにでかくちゃ、写真に収まらないよ……。

確かそんな会話をした。しぶきから守るために、ロウマは首にかけているカメラを、はおっていたアノラックの中にしまった。

その時。

あの音が響いた。

RRRRRRRRRRRRRR……

一瞬、耳を疑った。滝の轟音を聞き間違えたのかと思った。だがその音は、鳴っては途切れ、鳴っては途切れを繰り返している。

——まさか?!

二人はすばやく周囲を見渡し、さっき二人がいた足場のさらに上に、今度こそ真っ赤なそれを発見した。

「——電話ボックスだ!」

RRRRRRRRRRRRR……

ロウマとトトは猛ダッシュで、下りてきた斜面を駆け上がる。

「宝宝宝宝!」

「急げ急げ急げ急げ！」

RRRRRRRRRRRRRR……

「切れるぞ切れるぞ切れるぞ！」

「はいはーい！　すぐ出まぁーす！」

最初に電話ボックスに辿り着いたのはロウマだ。赤い木枠の扉の向こうに壁かけ式の古い公衆電話が見える。

ロウマは扉を引っ張った。しかし錆《さ》びついて、開かない！

「何してんだよ、早く！」

追いついたトトも取っ手に手をかけ、力を合わせて再び引っ張る。するとバン！　と扉が開き、二人はもんどりうって倒れる。

RRRRRRRRRRRRR……

もがくように起き上がるロウマ。グエッ！　とトトのうめき声がした。多分ロウマが踏みつけたのだが、かまっている暇はない。

ロウマは必死に電話に飛びつき、受話器をとった。

RRRRRR……

ガチャ！

「もしもし！　もしもし！　もしもし!!　ハロー?!　アイアムジャパニーズ！　アイムフロムジャパン！　もしもーし！」

ツ────────……

「……切れた……」

「……ウソだろぉ……？」

二人はへなへなとへたり込んだ。

あんなにがっかりしたのは、後にも先にも一度きりだ。こんな遠くまで来て、ここまで順調だったのに、最後の最後で僕らは奇跡をとりこぼしたのだ。

トトは力なく扉に背をもたれさせてずるずると座りこんだ。なかなかあきらめきれないロウマは、電話の奥の壁に貼ってある注意書きや国際番号表などを、読めもしないのに一所懸命読んだりしていた。

「あれ……？」

ロウマがなにかをみつけた。

と同時に、トトが大きな声を出した。

「おい！」

「えっ？」

ロウマはトトの指差す方を見た。細長いものが、ボックスの内側の壁に張りついている。

ペットボトルのコーラのラベルだ。

ロウマがそっとそれを剥《は》がすと、のたくったような文字が黒マジックで書いてあった。

ぼくの宝物
十五才最後の勇姿を見とどけてくれるともだち◊

「……これって……もしかして……」

「……ドロップ……？」

二人は戸惑うように顔を見あわせた。

でも、でもさ……、と、トト、

「変じゃないか？　ドロップがここに来たのは俺たちに会う前だろ？　でもこのセリフは、ダム湖でお前がドロップに……」

「ちがうよ」

ロウマはきっぱり言った。

つながった！

バラバラだったパズルのピースが、今、ようやくひとつになった。

「このセリフは最初にトトが言ったんだ。ほら、僕がビビって、浦安さんに電話できなかったとき」

「え？」

「秘密基地で。十五歳の秋に――」

　僕らの記憶は、たちまち中三の秋の一日に引き戻された。

　アイルランドに引っ越したチボリの電話番号のメモ。それを見ながら、トトは自分の携帯電話に番号を入力していた。

「くそ、読めねえな自分の字なのに……354・212・6852……」

「国際電話って高いんじゃ」

「心配するな、俺は将来稼ぐ男だ」

　だけどなかなか電話はつながらず、呼び出し音だけが鳴り続けた。一度は決意したロウマも、だんだん勇気がくじけ始めた。

　そんなロウマにトトは怒鳴った。

「ロウマはすぐにあきらめる。一人で立ち向かおうとするからビビるんだ。俺が一緒に見届けてやる。だから勇気を出せ！　お前の十五歳最後の勇姿を見せつけろ！」

　このとき、トトは致命的なミスをしていたのだ。

国際電話をかけるときに最初につける「国番号」。お隣のアイルランドとアイスランドは一番違《ひとばんちが》いで、353と354。つまり、トトがかけた「354」はアイスランドの国番号で、もとよりチボリにつながるはずがなかった。

しかし、ここで想定外の事態が起きた。

ロウマとトトが言い争っている間に、その電話を受け取ったアイスランドにいる誰かが二人の会話を聞いていたのだ。

「──うそ。俺、間違えてた？」

と、トト。

「うん。でも、それがね」

ロウマは電話の奥の壁を指さした。

「そのミスが、とてつもないファインプレーだったんだ」

「────？」

ロウマは、さっき見つけたなにかを指さした。トトはそれを目で追った。電話機の横にはられた、このボックスの電話番号を記したシールだ。

212・6852。

「……浦安チボリの……？」

「そうだよ。この電話と浦安さんの電話は、番号が同じだったんだ。ただひとつ、国際番号をのぞけば」

「……！」


そのとき、僕らの頭の中には、はっきりとある光景が浮かんでいた。

鳴りつづける電話のベル。

滝のしぶきでずぶ濡《ぬ》れになった黄色いパーカーのドロップが、よろめきながらも必死に岩肌を登ってゆく。

RRRRRRRRRRRRRRR……

RRRRRRRRRRRRRRR……

ようやくボックスに辿《たど》り着いたドロップ。

肩で息をしながら、扉を開ける。

この電話が、ぼくの絶望を終わらせてくれる。ぼくの宝物を教えてくれる。

そう信じて、震える手で受話器を取る。

RRRRRRRRRRRRRRR……

ガチャ。

「――もしもし」

「……信じらんないよね…………」

いつしかロウマの目からは涙があふれていた。

「……こんなことあるんだ、こんな偶然……！　ドロップは聞いてたんだよ。僕らの声を、あの時、この電話ボックスで……！」

「……？」

「届いてたんだ、僕らの声。こんな遠くまで……トトのメモが汚かったせいでさ……！」

「……俺の、メモが……？」

まだすべてを飲み込めていない様子のトトに、ロウマは言った。

「ドロップはこの電話で聞いて、日本へ宝物を探しに来た。僕らに出会って、一緒にドローンを追いかけて――そして見つけた」

「宝物を――」

「僕らはドロップの十五歳最後の勇姿を見届けた。ドロップの宝物になれたんだ…

……！」

トトがゆっくりと振り向いた。

「……でもさ……じゃあさ……」

その目と鼻からも、滝のように水が流れていた。

「……俺たちの電話が、ホントに、あいつに届いてたんだとしたら……さっきのは？」

「え……？」

「俺たちに宝物を教えてくれる——あの電話は——」

——誰から？

ロウマはコーラのラベルを見た。

そして、

「……さあねえ」

と微笑んで、心の中の友だちにいったん別れを告げた。

エピローグ

アイスランドとニューヨークが意外と近いということは、自分で行ってみて初めてわかった。四角い世界地図の端と端でも、丸い地球儀でみるとお隣さんだったりする。

今思うとバカな話だけど、こういう思い込みは、実は人生の中ではしばしばある。

たとえばロウマが、生まれ育ったあの町は自分の全てで、そこから出ていくことは不可能だと思い込んでいたように。

ドロップは、そんな味気ない日常に落とされた一滴の雫《しずく》だった。雫はまるい波紋を描いて広がり、僕らを巻きこみ、世界はもっと広くて楽しいということを教えてくれた。

三人で過ごしたのは、ほんの数日のことだ。

けれどそれは、僕らの青春——もちろん今も進行中だが——の日々の中で、今も色《いろ》褪《あ》せることなく特別な輝きを放っている。

あんな時代は二度とない。

だからこそ、宝物なのだ。


さて、そんな僕らとドロップの三人の物語はこれで終わりだ。

僕らは今、それぞれが選んだ道を歩み、遠くはなれた場所で、昔のことなど思い出す暇もないほど忙しく過ごしている。

だけどふとした瞬間や、なかなか寝付けない夜、なにか自分を見失いそうだと感じるときは、自分に問いかけてみる。

「もしも明日《あした》、世界が終わるとしたら？　それでも後悔しない日々を自分はちゃんと送れてる？」

いつかまた三人で会えたとき、胸を張っていられるように。

解説

いしづかあつこ（映画監督）

母が余命宣告を受けました。

落ち着いて思い返してみれば、「生き延びるために、これから治療を頑張りましょう」という前向きな説明を聞いていたように思います。しかし同時に、「残された人生はあと五年」と、すべてが終わるその日を覚悟しなさいとも言われたように感じました。

家族が動揺する中、母はある日突然改まった声で私を呼び出し、私に遺《のこ》しておきたいものについて事細かく説明し始めました。貴重品の在り処《か》、好きなお味噌《みそ》の味、母が続けてきた庭いじり、家族ひとりひとりのために貯蓄してきたお小遣い……。とうの昔に家を出て上京してしまった私よりも、もっと近くでいつも頼りにしている家族がいるにもかかわらず、母はわざわざ末っ子の私にそれらを託そうとしたのです。私はそこに、母のただならぬ想いを見た気がしました。我が家で唯一の娘である私は、世界中の誰よりも母に似た人間であり、世界中の誰よりも母そのものを未来に遺せる存在なのだろう。私だけが、ただここにいるだけで、母がこの世に生きていたことをそのまま証明することのできる「母の人生の証《あかし》」なのだろうと。

娘だから当然大切なのだという本能的な愛情にとどまらず、母が突然人生を振り返ることとなったその刹那《せつな》に、とても重要な意味を持って存在していたもの。それは、まさしく未来に繋《つな》ぐべき母の宝物に違いないと強く感じたのです。取るに足らないと思っていたちっぽけな自分が、死にゆく誰かにとっての唯一の宝物であったと知る瞬間は、自分の人生あるいは、目に映る世界をも大きく変え得るインパクトを持っていました。

「ああ、世界はこんなふうにも見ることができるんだ」

この得難い衝撃をどう表現しよう。例えるならそれは、1968年、アポロ8号のクルーが撮影した青い球体の写真を見て、きっと人々が初めて「これが地球という惑星か」と実感したであろう感覚。もっと身近な出来事で言えば……ドローンを高く飛ばし、普段自分が目にする風景を完全なる俯瞰《ふかん》の造形物として再認識し直すときのような。目の前にあるこの世界を、自分の外側から見つめたときに初めて知るまったく新しい概念。言葉にしなければ誰にも……母にさえも伝えられないのに、私はそれを言葉という形に落とし込むことができませんでした。

はたして選んだのは――いつもそうしてきたように――、視覚・聴覚に直接訴えかけることのできる《アニメーション映画》という特異な言語でした。

作中では、新たな出会いと冒険を通じて、ロウマたちは少しずつ世界を見つめ直していきます。

――なぜ蟬にはいろんな種類があり、コーラはぬるくてもうまいのか。

なぜ打ち上げ花火はあんなに高く、水滴はまるい波紋を描いて広がるのか。

星は永遠に夜空に輝き、命が一瞬なのは、なぜか。

アイスランドには氷河とマグマが生んだ神秘の大自然が広がっていて、日本から遠く離れたその大地にも人が住み、樹木のない荒野に古びたコーラの自動販売機なんかが置かれていること。ドロップが見てきた夜の長さが、日本に住む自分たちとあまりに違ったこと。そして――

――アイスランドとニューヨークが意外と近いということは、自分で行ってみて初めてわかった。四角い世界地図の端と端でも、丸い地球儀でみるとお隣さんだったりする。

これまで見てきた風景をすべてリセットし、地球は丸く果てなんてないんだってことに気付いて欲しい。ロウマたちが全身で感じ取って、その感じたすべてを私たちに伝えて欲しいと願いました。

あのとき死をも覚悟した母は、その後壮絶な闘病生活を乗り越え、無事に日常を取り戻すことができました。しかしここでいう「日常」はあきらかに、今までのそれとは大きく違うものになったといいます。母が送る何気ない日々の一瞬間すべてが、二度とは訪れない奇跡との遭遇になったのです。自身の最期をまのあたりにした人のこうした変化は、よく見聞きするのでありきたりな話に思えるかもしれません。しかしその奇跡の片鱗《へんりん》は、私――母にとっての宝物であるという揺るぎないアイデンティティをもった小さな人間――にも、ほんの少しだけ見えるようになりました。

――あの夏の断片ひとつひとつが、きらぼしのごとき奇跡だったと僕らが知るのは、それからだいぶたってからだった。

ドロップがくれたもの。それは気付きであり、新たな世界であり、宇宙いっぱいに広がる無限の可能性でもあるのです。

ノベライズを通じて、これらのメッセージがより多角的に表現され、映画という枠を超えてさらに広く伝えられることを大変嬉《うれ》しく思います。少年たちの抱える苦悩や心の揺らぎ、映画で描いたモチーフの言語的な掘り起こしなど、文章ならではの新たな気付きも与えてくれます。ユグドラシルから広がる北欧神話の世界。焚火《たきび》の煙から読み取れる少年同士の友情の形。抒情《じょじょう》的でありながらもストンと通じ、深く心に届く。そんな素晴らしい小説にしてくださった著者の山室有紀子さんに、この場を借りて深く御礼を申し上げます。本当にありがとうございました。

世界はきっと広いのに、それを知らないまま日々を過ごすのはあまりに悔しいと思ってしまいます。また一方で、大きな変化を起こしたりするのはとても困難なことだとも実感しています。だからせめて、この物語を通じて、世界のどこかにいる誰かの背中を少しでも押すことができたなら……。

スタッフ一同、今日も地球の片隅で、誰かの素敵な未来を願っています。

本書は、劇場アニメーション「グッバイ、ドン・グリーズ！」の脚本をもとに書き下ろしたノベライズです。

グッバイ、ドン・グリーズ！

原作／Goodbye,DonGlees《グッバイ、ドン・グリーズ》 Project《プロジェクト》

脚本／いしづかあつこ

著／山室《やまむろ》有紀子《ゆきこ》

令和4年 1月25日 初版発行

発行者●堀内大示

発行●株式会社KADOKAWA
〒102-8177 東京都千代田区富士見2-13-3
電話 0570-002-301（ナビダイヤル）

角川文庫 22988

印刷所●株式会社暁印刷
製本所●本間製本株式会社

表紙画●和田三造

●お問い合わせ
https://www.kadokawa.co.jp/（「お問い合わせ」へお進みください）
※内容によっては、お答えできない場合があります。
※サポートは日本国内のみとさせていただきます。
※Japanese text only

ISBN 978-4-04-102651-9 C0193

◇◇◇

角川文庫発刊に際して

角川源義

第二次世界大戦の敗北は、軍事力の敗北であった以上に、私たちの若い文化力の敗退であった。私たちの文化が戦争に対して如何に無力であり、単なるあだ花に過ぎなかったかを、私たちは身を以て体験し痛感した。西洋近代文化の摂取にとって、明治以後八十年の歳月は決して短かすぎたとは言えない。にもかかわらず、近代文化の伝統を確立し、自由な批判と柔軟な良識に富む文化層として自らを形成することに私たちは失敗して来た。そしてこれは、各層への文化の普及滲透を任務とする出版人の責任でもあった。

一九四五年以来、私たちは再び振出しに戻り、第一歩から踏み出すことを余儀なくされた。これは大きな不幸ではあるが、反面、これまでの混沌・未熟・歪曲の中にあった我が国の文化に秩序と確たる基礎を齎らすためには絶好の機会でもある。角川書店は、このような祖国の文化的危機にあたり、微力をも顧みず再建の礎石たるべき抱負と決意とをもって出発したが、ここに創立以来の念願を果すべく角川文庫を発刊する。これまで刊行されたあらゆる全集叢書文庫類の長所と短所とを検討し、古今東西の不朽の典籍を、良心的編集のもとに、廉価に、そして書架にふさわしい美本として、多くのひとびとに提供しようとする。しかし私たちは徒らに百科全書的な知識のジレッタントを作ることを目的とせず、あくまで祖国の文化に秩序と再建への道を示し、この文庫を角川書店の栄ある事業として、今後永久に継続発展せしめ、学芸と教養との殿堂として大成せんことを期したい。多くの読書子の愛情ある忠言と支持とによって、この希望と抱負とを完遂せしめられんことを願う。

一九四九年五月三日

角川文庫ベストセラー

ヴィヴァーチェ
宇宙へ地球へ
あさのあつこ

地球を飛び出したヤンは、自らを王女と名乗る少女ウラと忠実な護衛兵士スオウに出会う。彼らが強制した船の行き先は、海賊船となったヴィヴァーチェ号が輸送船を襲った地点。そこに突如、謎の船が現れ!?

グラウンドの空
あさのあつこ

甲子園に魅せられ地元の小さな中学校で野球を始めたキャッチャーの瑞希。ある日、ピッチャーとしてずば抜けた才能をもつ透哉が転校してくる。だが彼は心に傷を負っていて——。少年達の鮮烈な青春野球小説!

グラウンドの詩《うた》
あさのあつこ

心を閉ざしていたピッチャー・透哉とバッテリーを組む瑞希。互いを信じて練習に励み、ついに全国大会への出場が決まるが、野球部で新たな問題が起き……中学球児たちの心震える青春野球小説、第2弾!

かんかん橋を渡ったら
あさのあつこ

中国山地を流れる山川に架かる「かんかん橋」の先には、かつて温泉街として賑わった町・津雲がある。そこで暮らす女性達は現実とぶつかりながらも、精一杯生きていた。絆と想いに胸が熱くなる長編作品。

敗者たちの季節
あさのあつこ

甲子園の初出場をかけた地方大会決勝で敗れ、海藤高校野球部の夏は終わった。悔しさをかみしめる投手直登のもとに、優勝した東祥学園の甲子園出場辞退という、思わぬ報せが届く……胸を打つ青春野球小説。

角川文庫ベストセラー

かんかん橋の向こう側　あさのあつこ

常連客でにぎわう食堂『ののや』に、訳ありげな青年が現れる。ネットで話題になっている小説の舞台が『ののや』だというが？　小さな食堂を舞台に、精いっぱい生きる人々の絆と少女の成長を描いた作品長編。

The MANZAI 十五歳の章 (上)(下)　あさのあつこ

中学二年の秋、転校生の歩はクラスメートの秋本に呼び出され突然の告白を受ける。「おれとつきおうてくれ！」しかし、その意味はまったく意外なものだった。漫才コンビを組んだ2人の中学生の青春ストーリー。

小説 サイダーのように言葉が湧き上がる　イシグロキョウヘイ

「夕暮れのフライングめく夏灯」「カワイイと思う。チェリーくんの俳句」物静かな少年チェリーは、ある夏の日、ショッピングモールでマスクの美少女スマイルと出会う。ピュアでまっすぐな青春ラブストーリー。

あの日見た花の名前を僕達はまだ知らない。(上)　岡田麿里

高校生の今はばらばらの幼なじみたちは、とつぜん帰ってきた少女〝めんま〟の願いを叶えるために再び集まる……大反響アニメを、脚本の岡田麿里みずから小説化。小説オリジナル・エピソードも含む上巻。

あの日見た花の名前を僕達はまだ知らない。(下)　岡田麿里

めんまのために再び集まった高校生たち。だがそれぞれの胸には痛みがしまい込まれていて……果たして願いは叶うのか？　大反響アニメの、脚本家みずからによる小説版の完結編。小説独自のエピソードも満載。

角川文庫ベストセラー

小説 空の青さを知る人よ

著／額賀 澪
原作／超平和バスターズ

これは、過去と現在をつなぐ、せつなくてふしぎな〝2度目の初恋〟の物語――。山間の街に住む高校生・あおい。ある日突然、姉・あかねの昔の恋人・しんのが、13年前の過去から時を超えて現れて……。

泣きたい私は猫をかぶる

ノベライズ／岩佐まもる
協力／「泣きたい私は猫をかぶる」製作委員会

中学2年生の笹木美代は、クラスメイトの日之出に熱烈な思いを寄せていた。時に空気を読まない言動から「ムゲ（無限大謎人間）」という綽名で呼ばれる美代には、誰にも言えない大きな秘密があって……。

小説 秒速5センチメートル

新海 誠

「桜の花びらの落ちるスピードだよ。秒速5センチメートル」。いつも大切な事を教えてくれた明里、彼女を守ろうとした貴樹。恋心の彷徨を描く劇場アニメーション『秒速5センチメートル』を監督自ら小説化。

小説 言の葉の庭

新海 誠

雨の朝、高校生の孝雄と、謎めいた年上の女性・雪野は出会った。雨と緑に彩られた一夏を描く青春小説。劇場アニメーション『言の葉の庭』を、監督自ら小説化。アニメにはなかった人物やエピソードも多数。

小説 君の名は。

新海 誠

山深い町の女子高校生・三葉が夢で見た、東京の男子高校生・瀧。2人の隔たりとつながりから生まれる「距離」のドラマを描く新海誠的ボーイミーツガール。新海監督みずから執筆した、映画原作小説。

角川文庫ベストセラー

小説 ほしのこえ

原作／新海　誠
著／大場　惑

『君の名は。』の新海誠監督のデビュー作『ほしのこえ』を小説化。中学生のノボルとミカコは、ミカコが国連宇宙軍に抜擢されたため、宇宙と地球に離れ離れに。2人をつなぐのは携帯電話のメールだけで……。

小説 星を追う子ども

原作／新海　誠
著／あきさかあさひ

少女アスナは、地下世界アガルタから来た少年シュンに出会うが、彼は姿を消す。アスナは伝説の地アガルタを目指すが——。『君の名は。』新海誠監督の劇場アニメ『星を追う子ども』（2011年）を小説化。

小説 雲のむこう、約束の場所

原作／新海　誠
著／加納新太

ぼくたち3人は、あの夏、小さな約束をしたんだ。青春や夢、喪失と挫折をあますところなく描いた1冊。映画「君の名は。」で注目の新海誠による初長編アニメのノベライズが文庫初登場！

小説 天気の子

新　海　誠

新海誠監督のアニメーション映画『天気の子』は、天候の調和が狂っていく時代に、運命に翻弄される少年と少女がみずからの生き方を「選択」する物語。監督みずから執筆した原作小説。

青くて痛くて脆い

住　野　よ　る

大学一年の春、僕は秋好寿乃に出会った。彼女の理想と情熱にふれ、僕たちは秘密結社「モアイ」をつくった。それから三年、将来の夢を語り合った秋好はもういない。傷つくことの痛みと青春の残酷さを描ききる。

角川文庫ベストセラー

劇場版アニメぼくらの7日間戦争

原作／宗田　理
著／伊豆平成

好きな女の子が急に引っ越してしまう！　ぼくが「逃げましょう」と言うと、「誕生日まで家出するの。7日間限定のバースデーキャンプ！」と彼女が言った。ところが、大人と戦争することに！　映画ノベライズ。

ぼくらの七日間戦争

宗田　理

1年2組の男子生徒が全員、姿を消した。河川敷にある工場跡に立てこもり、体面ばかりを気にする教師や親、大人たちへ〝叛乱〟を起こす！　何世代にもわたり読み継がれてきた不朽のシリーズ最高傑作。

ぼくらの天使ゲーム

宗田　理

夏休みに七日間戦争を戦った東中1年2組。メンバーはまだまだくすぶってはいられない。東中一の美少女が学校の屋上から落ちて死んでいるのが見つかった。彼女の死の真相は？　ぼくらの犯人捜しが始まった！

ふちなしのかがみ

辻村深月

冬也に一目惚れした加奈子は、恋の行方を知りたくて禁断の占いに手を出してしまう。鏡の前に蠟燭を並べ、向こうを見ると――子どもの頃、誰もが覗き込んだ異界への扉を、青春ミステリの旗手が鮮やかに描く。

本日は大安なり

辻村深月

企みを胸に秘めた美人双子姉妹、プランナーを困らせるクレーマー新婦、新婦に重大な事実を告げられないまま、結婚式当日を迎えた新郎……。人気結婚式場の一日を舞台に人生の悲喜こもごもをすくい取る。

角川文庫ベストセラー

漫画版 サマーウォーズ (上)(下)

原作／細田 守
漫画／杉基イクラ
キャラクター原案／貞本義行

高校2年の夏、健二は憧れの先輩・夏希にバイトを頼まれ、彼女の曾祖母の家に行くことに。そこで待ち受けていたのは、大勢のご親戚と、仮想世界発の大パニック！ 細田守監督の大ヒットアニメのコミック版。

校閲ガール

宮木あや子

ファッション誌編集者を目指す河野悦子が配属されたのは校閲部。担当する原稿や周囲ではたびたび、ちょっとした事件が巻き起こり……読んでスッキリ、元気になる！ 最強のワーキングガールズエンタメ。

校閲ガール ア・ラ・モード

宮木あや子

出版社の校閲部で働く河野悦子（こうのえつこ）。部の同僚や上司、同期のファッション誌や文芸の編集者など、彼女をとりまく人たちも色々抱えていて……日々の仕事への活力が湧くワーキングエンタメ第2弾！

校閲ガール トルネード

宮木あや子

ファッション誌の編集者を夢見る校閲部の河野悦子。恋に落ちたアフロヘアーのイケメンモデル（兼作家）と出かけた軽井沢である作家の家に招かれ……そして社会人3年目、ついに憧れの雑誌編集部に異動に⁉

アーモンド入りチョコレートのワルツ

森 絵都

十三・十四・十五歳。きらめく季節は静かに訪れ、ふいに終わる。シューマン、バッハ、サティ、三つのピアノ曲のやさしい調べにのせて、多感な少年少女の二度と戻らない「あのころ」を描く珠玉の短編集。

角川文庫ベストセラー

つきのふね　森　絵都

親友との喧嘩や不良グループとの確執。中学二年のさくらの毎日は憂鬱。ある日人類を救う宇宙船を開発中の不思議な男性、智さんと出会い事件に巻き込まれる。揺れる少女の想いを描く、直球青春ストーリー！

DIVE《ダイブ》!!（上）（下）　森　絵都

高さ10メートルから時速60キロで飛び込み、技の正確さと美しさを競うダイビング。赤字経営のクラブ存続の条件はなんとオリンピック出場だった。少年たちの長く熱い夏が始まる。小学館児童出版文化賞受賞作。

いつかパラソルの下で　森　絵都

厳格な父の教育に嫌気がさし、成人を機に家を飛び出していた柏原野々。その父も亡くなり、四十九日の法要を迎えようとしていたころ、生前の父と関係があったという女性から連絡が入り……。

宇宙のみなしご　森　絵都

真夜中の屋根のぼりは、陽子・リン姉弟のとっておきの秘密の遊びだった。不登校の陽子と誰にでも優しいリン。やがて、仲良しグループから外された少女、パソコンオタクの少年が加わり……。

ラン　森　絵都

9年前、13歳の時に家族を事故で亡くした環は、ある日、仲良くなった自転車屋さんからもらったロードバイクに乗ったまま、異世界に紛れ込んでしまう。そこには死んだはずの家族が暮らしていた……。